渡る世間にやじ馬ばあさん

橋田壽賀子のことば

橋田壽賀子

大和書房

本書は著者に承諾を頂き、1960年代～2021年に様々な新聞・雑誌・テレビで発言したことば、著書の中に書かれたことばの中から選んで編んだものです。また一部加筆修正いたしました。

尚、「はじめに」は2021年1月28日、ご自宅での語り下ろしです。

本書を編むにあたり、記事の転載や著書の一部収録、写真の使用に快く応じて下さった報道・出版各社と関係各位に心より御礼申し上げます。

相模湾を見渡す熱海の自宅で。1990年夏、65歳。
写真:立木義浩

ああ、クルーズに行きたいなあ　——はじめに

私はいま、95歳になりました。

去年の暮れは久しぶりにどこへも出かけず、お正月の朝はひとり、熱海のわが家で迎えました。大好きな大型客船「飛鳥Ⅱ」の海外クルーズは二年続けて取り止めです。最近はいちばん寒い季節にはいつもクルーズだったので、お船の中のぽかぽかに慣れてしまっていたのですね、熱海でもわが家は山の上なので、朝晩冷え込みが厳しく、寒くて寒くて。

昨年からほとんど熱海を出ていません。仕事の打ち合わせも、締め切りの催促もなし。晩年に締め切りのない生活という幸せをもらった気分です。

飽きずに海や空を眺め、木々や花の四季を楽しみ、小鳥のさえずりに耳を澄ませています。実は私、耳がいいんです。まだ補聴器が必要ないので、悪口もよく聞こえま

すよ。地獄耳と言われております（笑）。

今日までいろんなことを経験しました。太平洋戦争、敗戦後の復興、オリンピック、大阪万博、大震災、まさかのコロナ禍。そして昨年は思いがけず文化勲章を受章しました。人生は何が起こるか本当にわからない。つくづくそう思うこの頃です。

それにしても来春のオセアニアクルーズ、ああ、行きたいなあ……。

この本は、私がこの数十年の間に様々な媒体で発言したり、書いた言葉を編んだものです。へえ、こんなこと言ってるんだ……自分で自分の言葉に大笑い。対談なんかだとついついつい喋り過ぎてるし、我ながらかなりのミーハー。

やじ馬なのは若い頃からだったんですね（笑）。

二百冊以上のスクラップや今迄の著書を丹念に読み込んで原稿を作成してくれた編集の矢島さん、いつも私を愛情込めて支えてくれる皆さんに感謝を申し上げます。

――２０２１年１月28日
クルーズのパンフレットを見ながら

橋田壽賀子

渡る世間にやじ馬ばあさん・目次

第1章

ほとんど好奇心だけで生きてます（笑）

第2章

ドラマ『渡鬼』が、まさかこんなに続くとは……

第3章 対談は楽しいから、つい喋りすぎてしまうのよね

第4章 石井ふく子さんとは、もう双子みたいな感覚です

第5章

結婚したことで、ずいぶんトクしました

第6章 自分で自分の年齢にびっくり

第7章 それにしても、人生、何が起こるかわかりませんね

第1章

ほとんど 好奇心だけで 生きてます（笑）

▼私は元祖〝世界遺産おばさん〟

ひと口にユネスコの世界遺産といっても七百二十カ所（当時）もあるんです。とても全部はムリですけど、自分でも数えきれないほどの世界遺産には行ってますね。最近は親しい人の間で〝世界遺産おばさん〟なんて言われてるくらいですから（笑）。

ちょうど十年前に、南米へ行ったとき。クスコ、ナスカ、イグアスの滝、チチカカ湖、マチュピチュの空中都市などをいっぺんに見て回るツアーに行ったんですが、このとき、そのどれもがユネスコから世界遺産に指定されていると知ったんですよ。

そもそも私が初めて海外旅行に出かけたのはいまから三十八年前。四十五日間、欧州各地のユースホステルをバスで渡り歩く一人旅だったんですけど、このときも、ドイツやオーストリアなどの行く先々で今でいうところの世界遺産を見て歩いてたんですね。

ですから、この旅が私の世界遺産デビューと言えるんじゃないですか。

これまであちこちの秘境に行きましたけど、一度も体調を崩したことはないです。とにかく生来、揺れるのが好きで、バスはいちばん後ろに乗るほうだし、性格も体も秘境向きなんだと思いますね。

これまでいちばんよかったところ？　私は滝が好きだから、ヴィクトリアの滝（アフリカ）と、イグアスの滝かしら。

ヴィクトリアは一つの大きな滝が何キロもの幅でずっと続いている巨瀑《きょばく》で、その水しぶきが空高く舞い上がってものすごい迫力。私なんか普通の格好で行ったから、もうずぶ濡れでしたけど、全身で自然に触れた気がしました。イグアスは、いくつもの滝の集合体。遊歩道沿いに次々に滝が現われ、まさに水の造形美。この二つに比べたらナイアガラの滝（北米）なんて池みたいなもんですよ（笑）。

そういえば三十八年前、初めて海外旅行に出かけたとき、一人の男性にだけ、欧州から手紙を書いたんです。それが翌年、結婚することになる主人なんですよ。そのとき、私が脚本を書いていたドラマ『ただいま11人』の担当者でしたから。今日はどこに着いたとか、どこを見たとか、書いただけなんですけど、周囲にはラブレターだった冷やかされました。

ところが、結婚してみると、主人は大の旅行嫌い。夫婦でいっしょに行ったのは新婚旅行だけですね（笑）。


（「女性自身」2003年5月27日号／私は世界遺産おばさん／78歳）

▼渡る南極クルーズ体験

あんな氷ばっかりの寒いところに、なんでわざわざ行くのかってみんなに言われたけど、どうしてもこの足で、南極の大陸を踏みたかったんですよ。でも行ってよかった。ペンギンやアザラシを、思う存分堪能できました。

世界遺産はほとんど見たし、アフリカのサファリツアーにも行ったし、もう行くところは、ずっと思い続けてきた南極旅行しかないと思っていたら、一年半ほど前に「飛鳥II」のツアーの広告が目に留まって、すぐに申し込んだんですよ。

南極には飛行機で行く方法もあるけど、今回、あえて船の旅を選んだの。飛行機だと、そりゃあ、ビューンと行けるけど、味も素っ気もないじゃないですか。それに飛行機は逆に疲れちゃうし、点と点の旅行だからつまらないんですよ。急がない旅はやっぱり、船がいちばんだと思いますね。

もう、船そのものが、いたれりつくせりの小さな町なんです。だって船の中で三カ月いるうちに社交ダンスやパソコンができるようになるんですから。

それで、仕事を引退したご主人たちが、「いやあ、長い間、妻孝行できなかったから、せめてもの妻への罪滅ぼしですよ」って、異口同音におっしゃるんですね。それだからか、奥さん連中が優雅にダンスを習っている間、ご主人たちがね、洗濯するためにずーっと並んでるんですよ。それがほんとおかしくってね(笑)。

船内での食事も、日本人の高齢者のために配慮されていて、一週間のうち五日が和食で、あとの二日はフランス料理か中華料理。フルーツもお菓子も船内のあちこちに用意されてて、これじゃ太っちゃうなあと思いながら、贅沢をしちゃいました。

ところが出航から二十一日目。ご馳走を食べすぎたのと、やっぱり疲れが出ちゃって、胆のう炎になってしまったんです。それで一週間ほど寝込んだときは、これで南極も遠のいてしまったなあ……と、さすがに心細くなりました。でも〝南極の大地を踏むまでは〟という気持ちが病気を抑え込んだのか、奇跡的に元気になったんです。

それからは快適な旅。毎朝五時半に起きて甲板を裸足で歩くのが日課に。水平線の彼方からこーんなにでっかい太陽が昇って、その瞬間、身も心も洗われましたね。

出航三十五日目。チリ最南端の町、プンタアレナスに着いてここからドイツの耐氷船「ブレーメン号」に乗り換え、南極へ向かいました。想像していた以上の壮大な景観で、船の両側に氷山が迫り、まるで〝氷河街道〟を進んで行くよう。

なんて表現したらいいか、アルプスの真ん中に海が通っているみたいで、ただただ圧倒されました。その氷山の色が美しいんですね。まっ白じゃなくて、ところどころ青やエメラルド色に輝いたりして、ああ、生きていれば、こういう景色も見られるのだと思いました。

南極への第一歩を踏む瞬間には、もう言葉がありませんでした。やっと南極大陸を踏めた。ほんと、生きててよかった！


（「女性セブン」2004年4月GW号／渡る南極クルーズ／78歳）

▼南極大陸でついにペンギンやアザラシとご対面!

ピーターマン島という小さな島には、ものすごい数のペンギンがいるんですよ。ぬいぐるみみたいにかわいくって、それが氷の上にズラッと並んで、まるで私のためにオペラの公演をやってくれているみたい。

南極の野生動物には5メートル以内に近づいてはいけないと、「南極条約」で決められているんですが、向こうから近づいてきて、ズボンの先っちょをチョンチョンとやるんですよ。ペンギンにもそれぞれ個性があるんですね。いまも印象に残ってるのは、一匹のペンギンが群れから離れて、砂浜をよちよちと、おぼつかない足どりで歩いてるの。その後ろ姿を見てたら、主人が亡くなってから、独りで歩いてきた自分に似てるなあって。

スリリングだったのは、ゴムボートに乗った南極の海へのクルーズ。どこを見ても、氷山、氷山。パッと見ると、すぐそこをアザラシが泳いでるの。うわっ、かわいい!

と海に手を入れたら、「アザラシは見かけによらず、獰猛《どうもう》ですからやめてください！」と、スタッフの人に怒られちゃって。

それから、うわーっ、最高って思ったのは、ゴムボートの下を、体長10メートルくらいのミンククジラが通過したの。怖くなかったかって？ それが、ぜんぜん怖くないんですね。私は船だって揺れないと面白くないと思うくらいで、怖いもの知らずっていうよりも、根が鈍感なんです（笑）。

極め付きの体験もしましたよ。たぶん環境保全のためだと思うけど、南極では屋外での放尿は禁止なんですね。事前にそれを聞いていたので、日本から大量に紙おむつを持っていったんです。それで外に出るときは紙おむつをして、あっちこっち見てまわりました。憧れの南極で初めて紙おむつをするなんてね、これも感動でした（笑）。

紙おむつをしていなかったため途中で仕方なく帰った男性もいました。でも私は、三時間も四時間も外にいるのに、結局、まるで尿意をもよおさないの。だから紙おむつは〝無用の長物〟になってしまいました（笑）。

（「女性セブン」2004年4月GW号／渡る南極クルーズ／78歳）

ついに南極大陸に足を踏み入れる!
憧れのペンギンにご挨拶。2004年春、78歳

▼誰にも遠慮せず、どこへでも行けるのが私の唯一の贅沢

ニューヨークやパリ、ミラノのような文明都市には、もう関心がなくなりましたから、むしろ、これまで行ったことのない秘境へ行きたいんです。

主人が亡くなってもう十五年になるし、子供もいなければお嫁さんに気兼ねすることもない。誰にも遠慮することなく、大手を振ってどこにでも行けるわけですよ。

どこにでも行こうと思ったら行けるっていうのが、私にとって、唯一の贅沢かもしれない。

だから今回も、クルーズに出かける前に、『渡る世間は鬼ばかり』（渡鬼《わたおに》）の脚本を十三話分、ちゃんと仕上げました。それから船の上でも、三話分を書きましたよ。

そりゃあ、どっかに長旅をしようと思ったら、足腰がシャンとしてなくっちゃね。

そのためには、日頃からの体力づくりですよ。

水泳はちょうど50歳で始めたから、もう二十八年ですか。よく続いたと、自分でも感心しちゃう。それで南極へ行こうと決めてから、体力をアップさせるためにメニューを変更したんです。泳ぎは600メートルにして、プールの水中を200メートル、歩くのをずっと続けました。

一生懸命働き続けてきて、今回の南極行きは、自分へのごほうびだと思ってます。みなさん、羨ましいと言われるけど、その気になれば行けますよ。お金をため込んで、金塊を買ったり、ダイヤモンドばっかり買う人もいるけど、夫婦が熟年を迎えたら、ゆっくりと船の旅をされることを勧めたいですね。貯金ばっかりしても、あの世に持っていけないでしょ。

（「女性セブン」2004年4月GW号／渡る南極クルーズ／78歳）

▼SMAP北京公演の応援団長になる！

この二十年間で、スペシャルも含め、『渡鬼』の約五百四十時間分の脚本を書きました。四百字詰めの原稿用紙で三万二千枚。八月初め頃にようやく書き終えて、やれやれと思っていたところに、TBSの関係者から、北京公演のお誘いを受けたんです。それで「はい、行きます、行きます！」ってふたつ返事をしました。

脚本家っていうのは、とにかく孤独に耐えて、ひとりで書くのが仕事ですから、精神的にも肉体的にも参ってしまいます。

そんなときに、大好きなSMAPの〝追っかけ〟をするだけで気分転換になるし、元気をもらえるんですよ。

そうしたら、北京に行く三日前に、ジャニーズ事務所から北京公演のパンフレット一式が送られてきて、それを見たら、なんと私が〝応援団長〟になっているからビックリ！

北京へは一ファンとして、Tシャツにスニーカーという〝普段着〟で見に行こうと思ってたんですが、それを（泉）ピン子に見せたら、「中国の偉い人に会うことになるかもしれないわよ。そんな普段着で行っちゃダメよ！」と言われて、慌てて洋服ダンスからロングドレスを出して、持っていくことになったんですよ（笑）。

私の大好きな「世界に一つだけの花」と「夜空ノムコウ」を、彼らが中国語で歌ったとき、音楽というのは、国境も世代も超えて人々の心に届くのだと……もう胸がジーンとなって、SMAPの素晴らしさを再確認しましたね。

SMAPの彼等との本格的な交流が始まったのは、1998年から約三年間レギュラーを務めた『笑っていいとも!』(フジテレビ系列)への出演がきっかけ。『いいとも』のプロデューサーから、ぜひレギュラーで出ていただけませんか、と頼まれたので、軽い気持ちで「中居くんと一緒なら」って冗談で言ったら、これが本当に実現しちゃって。香取慎吾くんとも月曜レギュラーをやりました。

香取くんはゆで卵が大好きで、熱海で有名な〝味付けゆで卵〟を毎週スタッフの分も含めて三十個ほど差し入れてました。そしたら、そのゆで卵を「おいしい!」ってパクパクと平らげてくれて。その笑顔はいまだに覚えていますよ。

昨年(2010年)、TBSの開局六十周年を記念した五夜連続の橋田ドラマ『99年の愛~JAPANESE AMERICANS~』は五年ほど前から構想を練っていたのですが、主役を誰にするかで私の脳裏に真っ先に浮かんだのが草彅剛くんでした。

実はあの騒動があって、TBS側から「ドラマの主役を代えますか」という打診がありました。でも私は「草彅くんでいい」と一蹴《いっしゅう》しました。だって、そんな大袈裟にいうことではないし、ちょっと酔っ払って、お家と間違えて公園で裸になっただけ。脱いだ服をきちんと畳んでいたっていうのは、草彅くんらしくていいじゃないですか。

コンサートを見に行ったのは、実は昨年が初めて。草彅くんから「一度、ぼくたちのコンサートを見にいらっしゃいませんか?」と誘われて、東京ドーム公演に行ったんです。ピン子も一緒に行ったんですが、まさか80歳を超えた私が行くとは思わなくて、ぶったまげたみたい(笑)。

それで初めて〝生〟のステージを見て、「これが彼らの本業なんだ」って感動したの。

とにかく、私は三時間立ちっぱなしで、ペンライトを振り続けて、もう若い女の子たちと同じように、キャー、キャーッて熱狂してしまいました(笑)。

86歳の私がSMAPだなんて笑われるかもしれませんが、女性というのはいくつに

『99年の愛〜JAPANESE AMERICANS〜』(TBS)のロケを訪問。主役の草彅剛さんと。2010年、85歳

なっても、憧れる、夢を持てる存在があれば、やっぱり生きるうえで大きな力になると思うの。
それが私にとってはSMAPで、彼らは私にとって手が届かない〝神様〟みたいな存在なんですよ。

（「女性セブン」2011年9月25日号／SMAP北京公演／86歳）

▼『笑っていいとも！』は異次元の貴重体験でした

タモリさんは頭のいい方で、ストレートに出さずタモリ流に曲げて、皮肉も温かかった。ミーハーなので香取くん、（柴田）理恵さん、皆さんとご一緒できてとてもうれしかった。
主人が亡くなった後の出演でしたから、番組に癒やしてもらいました。貴重な異次元の体験をさせていただきました。

（「サンケイスポーツ」2013年10月23日／いいとも！　来年3月終了！／88歳）

▼「絶筆って本当ですか?」突然、週刊誌の取材が

〝絶筆決意〟ですか? いやいや端《はな》から筆をおくつもりはありませんよ。

確かに『なるようになるさ。』(シーズン2/2014年/TBS系列)の視聴率が1ケタだったときはショックでしたよ。時代が変わったのかなあ、と思いましたね。周りにも冗談半分で〝もう私の出る幕はない〟と言っていました。

でも、私は依頼のある限りは書き続けたい。実際、今もスペシャルドラマの脚本を書いています。一つは『渡鬼』の四時間スペシャルの脚本です。

この三月に亡くなった宇津井さんが原因ではありません。ただ、その前のお父さん役の藤岡琢也さんが亡くなり、代役の宇津井さんも亡くなり、さすがに改めて代役を立てることは考えられない。だから、今度は〝お父さんが死んだ設定なら書く〟ということで、TBSのほうから了承をいただいています。せっかくなので、今度は相続問題をテーマにしようかと考えています。

今までも『渡鬼』ではその時代に起こっている社会問題をテーマに盛り込んできましたが、相続問題もその一つだと思うんです。もう一本は夫婦をテーマにしたスペシャルもの。来年放送予定です。他にも〝戦争もの〟の話を進めています。わたしのように戦争を経験した人間でしか語り継げない話もあると思うんです。

死ぬまで書き続けるつもりですから、健康にはかなり気を使っています。まず週三回は朝八時からジムでパーソナルトレーニングをします。大体一時間ぐらいでしょうか。一時間で八千円かかる。それ以外の日は近所の市民プールで水泳です。週に二回以上1千メートル泳ぎます。腰に負担がかからないように背泳です。ここは一回五百十円しかかからないからいいですね。

食事は三食とも調理師の免許を持っているお手伝いさんに作ってもらっていて、肉も食べます。年に一回、地元の病院で人間ドックを受けていますが、幸い健康体ですね。貧血や動脈硬化を抑える薬、血圧安定剤なんかも飲んでいますけど、血圧、血糖値も異常がありません。

（「週刊新潮」2014年8月14日、21日号／ワイド特集「大和なでしこ」流浪譚／89歳）

▼終活して準備整い、サッパリとその時を迎えられます

今年5月で私は91歳になりました。80代までは新幹線で熱海の自宅から東京へよく出かけたものです。しかし、最近は人ごみのある駅に行くのさえ嫌になりました。

このあたりは自然が豊か。タヌキやイノシシが姿を見せることもあります。標高400メートルのわが家の目の前には相模湾が広がって初島《はつしま》はもちろん、晴れた日には房総半島や三浦半島まで眺めることができます。鳥のさえずりが聞こえます。静かです。

89歳で「終活」に手をつけました。「立つ鳥跡を濁さず」と考え、お手伝いさんたちの手を借りながら、持ち物の整理を一年かけて始めました。

以前は毎日プールで1千メートル泳ぐのを日課にしていました。しかし、近くのホテルのプールがなくなってしまった。かわりに週に三回ジムで一時間のトレーニングを続けています。バランスボールを使ったストレッチとか自分の弱いところを鍛える

個人トレーニングです。おかげで車椅子のお世話になることもなく、何とか自分の足で歩くことができています。

それでも足腰が弱っているのは確かです。数カ月前のこと。定期健診で行った病院の玄関前でふらふらっとして転びました。顔面を強く打って大ケガをしてしまいました。手術が必要なほどで、左の眉の上、おでこのところは神経も取った。元気そうに見えても確実に老いは迫ってきます。大事なのはそれを自覚することです。

いまのようなノルマに追われることのない暮らしは初めて。時間を好き放題使っていい。誰も文句を言いません。昼間から昔のテレビの再放送を見ては、亡くなった俳優さんを懐かしがっています。そんなテレビを見る一方の生活に漬かっていたら、また仕事ができてしまった。

TBS『渡る世間は鬼ばかり 2016』四時間スペシャル、二夜連続です。脚本の締め切りが迫って7月、一カ月で書き上げました。ゴタゴタもあって字を書くのも嫌だったんですが、好きな脚本書きだとできてしまうもんですね（笑）。

（「週刊朝日」2016年9月2日号／準備整い「なにもなし」でサッパリその時を迎えられます／91歳）

▼『九十歳。何がめでたい』の醍醐味は、佐藤愛子さんの突き抜けたヤケクソ感

この本に書かれてあることは、すべて佐藤さんご自身の経験の集約。一気読みしましたよ。私たち90代が無責任に言いたいことを、すべて代筆してもらった気分になりました。

若い時分には〝生意気だ〟と言われかねないことも、年を取ったら許されることが多いでしょ。私が安楽死の提言をしたのだって、90歳を過ぎたからです。だからこの本の醍醐味は、存分に生きてきた者だけに許される、突き抜けたヤケクソ感にあるのではないでしょうか。私も佐藤さんも、もう充分すぎるほど仕事をしてきました。視聴率という魔物と格闘しながら、よくぞここまで生き残ってきたものだとわれながら感心しています。

年末年始でクルーズ旅行に出かける際に、ピン子が「この本、面白いよ」って。字

が大きくて読みやすいのもありがたくて。小説と違って、頭から読む必要がないのも、気楽でよかった。

佐藤さんが〈ああ、長生きするということは、全く面倒くさいことだ〉と綴っていますが、大いに共感しますね。

私も今は自宅の二階に上がるのも億劫で、出歩くのも面倒。お化粧するのも、洋服を選ぶのも面倒。つまずくのが怖いから、予防策として手押し車を使っています。転ばぬ先の杖とはよく言ったものです。

私も佐藤さんと同じで、人から「お元気ですね」と言われますが、90歳を過ぎると、体力の衰えというより、体が萎《しぼ》んでいくのを感じるんですよ。

この年になると、もう名誉もお金も要りません。私がトレーニングだけはかれこれ六年半続けているのも、自分のためですから。90代になると、自分のためだけの時間がいかに大切かが身に染みてわかりますからね。

（「女性セブン」2017年2月2日号／『九十歳。何がめでたい』の醍醐味／91歳）

▼文化功労者に選ばれ、天皇皇后両陛下にお茶会でお目にかかりました

昨年(平成27年)秋、文化功労者に選んでいただきました。シナリオライターとしては初めて。テレビの脚本が文化として認められたことがうれしかった。

知らせをいただいたときはまさかと戸惑いました。90歳になって天皇皇后(現上皇上皇后)両陛下主催の宮中のお茶会に招かれ、お二人にお目にかかれるなんて思ってもいませんでした。

お茶会は11月4日の午後開かれました。文化勲章受章者と文化功労者が、東京都港区にあるホテルから皇居宮殿までバスで向かいました。女優の黒柳徹子さんもご一緒でした。

お茶会では各テーブルを天皇家の方々が回ってこられます。私たちのところには最初、秋篠宮眞子さまがいらした。スープをいただきながら二十分ほどお話などを。や

がて、両陛下が見えてご一緒に煮物をいただきました。

私たちのテーブルは、遠慮されてかあまりしゃべらない。シーンとしていました。私は話題を提供しようと、まだ京城（今のソウル）に住んでいた8歳ぐらいのときに、今上天皇がお生まれになったときの話をさせていただきました。

男子誕生を祝うサイレンが二度鳴って、私は寒い街を近所の人たちと一緒に提灯《ちょうちん》行列をつくってお祝いしました。昭和天皇のお子さんは女の子が四人続き、国民が望んでいた待望の男の子だったからです。盛大でした。子どもの私にはそれがとってもおもしろかった。お祝いの歌はなんども歌いました。八十年以上も前のことなのに、その歌はいまでも覚えています。

日の出だ日の出に
鳴つた鳴つたポーオポー
サイレンサイレン
ランランチンゴン

夜明けの鐘まで
天皇陛下お喜び
みんなみんなかしは手
うれしいな母さん
皇太子さまお生れになつた

(北原白秋作詞、中山晋平作曲)

この歌の一節を恥ずかしながら、私は天皇陛下の前で歌ったのです。陛下は少し照れたようにほほ笑んでおられました。皇后美智子さまは天皇陛下を気遣うように静かに寄り添っていらした。

私が陛下のお生まれ年を間違えて昭和9年と言ったのを「昭和8年です」と皇后さまは小さな声で訂正されました。骨の髄から夫唱婦随というのでしょうか、日本の最高のご夫婦だと思いました。

(「週刊朝日」2016年9月2日号/テレビ時代の天皇陛下/91歳)

▼「天皇陛下のお気持ち表明」ビデオメッセージを見て

私は1959（昭和34）年のご成婚パレードのときには衝撃的な体験をしています。台所もトイレも共同の六畳一間のアパートに暮らしていたころのこと。お金もそんなになかったのに、皇太子殿下（現上皇陛下）ご成婚パレードが見たくて奮発してテレビを月賦で買ったのです。

その頃は見たいものがあれば、現地に行かなければなりませんでした。映画だって映画館へ足を運ばなければならなかった。

私は六畳の部屋で一人、パレードを見ました。馬車に乗ったお二人のお顔が目の前にいるかのようにアップで映し出された。これからはテレビの時代だと直感しました。私が脚本書きとして映画の世界に見切りをつけて、テレビの世界に活路を見いだそうとしたのも、このパレードがきっかけでした。

今回のビデオメッセージを見て、ゆっくりと語りかけるように原稿を読まれた天皇陛下に、あらためて親近感を感じた国民も多いと思います。私には、すぐ目の前においでになるような感じさえしました。陛下は映像をうまく取り入れられました。「テレビ時代の天皇陛下」と感じました。

いま論議が始まった「生前退位」など制度上の難しい問題は私にはわかりません。ただ、82歳になる陛下には「公」の世界ばかりで自由がほとんどないということはよくわかります。お疲れになると思います。

毎年、年を取られるわけですから、これからはもっと両陛下二人だけの「私」の時間をできるだけ多く持たれるようになればいいのにと思いました。

もちろん、震災などで現地に行かれて、両陛下が直接語りかけられる重みというのは大きいと思います。しかし、必ずしも現地にお運びにならなくても今回のようなビデオメッセージで励まし勇気づけられるのも一つの方法だと思います。

（「週刊朝日」2016年9月2日号／テレビ時代の天皇陛下／91歳）

▼苦しんで長生きするより、死に方くらい自分で選びたい

私が死に方について考えたのは、昨年（２０１６年）５月に転んだことがきっかけでした。頭に血がたまり、額の神経が切れて眉が上がらず、いまも顔は歪んだままです。なかでも脳内にできた血だまりは吸収されないことがあるそうで、医者から脳出血になるかもしれないからと厳重に言われました。

もし血がたまったままだったら、脳出血から半身不随になっていたかもしれません。ポックリ死ねるならまだしも、自分の意思を伝えられなくなったら大変です。人の役に立たず、したいこともできず、身体も思うように動かせず、頭も働かせられない。私はそんな状態で生きていたくないと思いました。

老衰で眠るように安らかに死ねたら理想的です。

また、がんになってホスピスに入るのも、無理な治療や延命はせずに、緩和医療で

痛みを取り除いてもらえるので、いいなあと思っています。それから在宅ケアの場合も、無理に延命せず安らかに死ねるような治療方針を立ててくださる医師がいるそうなので、私は在宅ケアの先生にはゴマをすっているんです（笑）。

しかし、突然、認知症や寝たきりで、自分の意思を伝えられない状態になってしまったら、どうすることもできません。だから私は頭がしっかりしているうちに一筆書いて、「認知症になったと思ったらすぐ教えてね」と周囲にも言っています。家族や弁護士の立会いのもと本人の意思で一筆書き、それが悪用されない仕組みを整えたうえで、安楽死できるように法制化されればいいと願います。

昨年、雑誌「文藝春秋」（2016年12月号）で「安楽死で逝きたい」と発言すると、スピリチュアリストの江原啓之さんから、人に迷惑をかける人間は死んだほうがいいというのは相模原の事件の容疑者と同じ発想だ、と怒られてしまいました。

でも同じではありません。あの事件の被害者は死を望んでいなかったはずで、大事なのは本人の意思です。一秒でも長く生きたいと思う人がいれば、私のように安楽死したいと考える人もいる。だから選びたい人が安楽死を選べる制度があればいい、と思うのです。

91歳まで生きているから言えることですが、これ以上長生きするのがいいことだろうか、と思います。

病院に入ると、そのままにしていれば老衰で亡くなるような場合でも、医師は生かすのが仕事ですから、胃瘻《いろう》したり静脈に点滴を打ったりして、少しでも長く生かそうとしてくれます。それを有難いという患者もいれば、迷惑に思う患者もいる。だからこそ安楽死を法制化して、選択肢を増やしてほしいのです。

こんなことを言うと、高齢者は医療を受けるなと言うのか、と怒られそうですが、私のようにもう充分生きて、これ以上長生きしたいと思わない老人に、高い医療費を使うのはもったいない、ということです。実際、私は仕事もたくさんして、人生に後悔ややり残したことはないし、家族や親しい友人もいません。

自分の最期くらい自分で決められるように、早く安楽死ができる法律と制度を作ってもらいたいと思います。


（「週刊新潮」2017年1月19日号／地上の奇論極論／91歳）

週3回のジム以外、この20畳ほどの居間で海を眺めながら過ごすのが至福の時間だった
写真:YBO
21年4月3日、病院から大好きなこの部屋に戻る。翌4日朝、古い友人ら親しい人が見守る中、静かに旅立ったという

▼「2020年はどうなるか？」って、94歳の私に聞かれても……

かつてテレビのドラマといえばホームドラマが主流で、お茶の間に多くの話題を提供してきました。でも2020年には皆無になるんでしょうね。

したがって、私の出番がなくなるのは確か。『ドクターX』のような医療ドラマが増えるのでしょうか。

私自身は、『渡る世間は鬼ばかり』の続編一本を約束していますが、さて90歳を過ぎると明日は何が起こるかわからない。書ける確約はできません。

また、「年老いての孤独」を書きたい構想はありますが、こちらも確約はできませんね。

（「女性セブン」2020年1月16、23日号／2020年はこうなる！／94歳）

▼コロナで〝クルーズ旅行〟はお預け。橋田流・巣ごもり生活術

戦争も貧しい時代も、日本が世界のトップだった頃も経験して、最後にこんな目に遭うとは……。と言っても、むしろ優雅な日々を送っているんですよ。

不謹慎ながら、今の状態が私には一番幸せなんです。〝外に出てはいけない〟という大義名分があるので人と会わないですむ。来客もないからお化粧もお洒落もしなくていい。一日中、普段着でのんびりできるから。

本来なら私の誕生日である5月10日には、優れたテレビ作品や俳優に贈られる恒例の「橋田賞」授賞式が予定されてたのですが、実は私、橋田賞が一年で一番苦手なの。皆さんにご挨拶しなきゃならないから。でも今年は、授賞式もパーティーも中止。

家の周りでは、ウグイスが鳴いて平和です。ようやく好きなことができる時間が持てたので、BSで昔のドラマばかり見ています。中でも、私がファンで『おしん』に

も出て頂いた渡瀬恒彦さんの『十津川《とつがわ》警部』シリーズ、『タクシードライバーの推理日誌』は、分かりやすくて面白い。他には水谷豊さんの『相棒』とか、柴田恭兵さんの『越境捜査』も見ています。私は〝人殺しと不倫は書かない〟と言ってきましたが、他人の書いたサスペンスを見るのは大好きなのです（笑）。

コロナのことは、これまではどこか他人事のように思っていましたが、志村けんさんが亡くなって怖いと思い始めました。もし自分が罹《かか》ったら周りに迷惑をかけるでしょ。「どこで何をしたの」とも言われそうで。先日も胃が痛くなって、長くお世話になっているジムのトレーナーの先生に話したら「コロナストレスですね」って。楽しく過ごしていても、知らずにストレスを感じているのでしょうか。

毎年、敬老の日に『渡鬼』を放映していますが、コロナの先が見えないので今年は脚本の締切りを遅らせてもらっています。たとえば旅行代理店を経営する岡倉家三女の文子（中田喜子）はおそらく破産するだろうし、様々な有為転変《ういてんぺん》があると思います。これをどこまで書けばいいのか、敬老の日には事態が収まっているのか。書いても今、撮影ができるかもわかりませんよね。

残念なのは、長年の趣味である「クルーズ船の旅」が中止になったこと。これまで延べ千泊はしています。最後に行ったのは、今年のお正月のグアム・サイパンのニューイヤークルーズ。本来なら4月にも、百三日間の予定で世界旅行に出るはずだったんですけど……。でも、家にいられる幸せがあるから。

(「週刊新潮」2020年5月7日、14日号/クルーズ旅行はお預け「橋田壽賀子」の「コロナ」観/94歳)

▼野村克也さんと沙知代さん、運命的とも言える夫婦愛

私は大阪の南海電車沿線で育ったので、プロ野球は南海のファン。野村克也さんは憧れの人でした。監督としても知将の名をほしいままにされた。昨年秋、お互い伴侶を亡くした者として野村さんと対談するという企画をNHKからオファーされ、初めてお会いできるチャンスが来たと思い、喜んで出かけました。

ところが何も話さず、「独りになって寂しい」と言うばかり。私の目も見ずに、うつむいてしょんぼりしていました。「奥さんのために頑張って」と励ましても反応が

薄いし、あまりにしょぼくれて情けない姿に心底、がっかりして、腹が立つほどでした。

聞けば、ご子息の克則さんの家が隣にあり、お孫さんもいる。本当の「独りきり」とは全然違います。そっちの絆を意識してもよさそうだけど、「一日中独りぼっちだ」とこぼすのです。

家族というより夫婦が全てで、野村さんから沙知代さんをマイナスすると、ゼロになってしまうんだとわかりました。

私は一時期、民放のレギュラー番組で一緒でしたが、沙知代さんは気性の激しい方でした。野村さんはあの激しさで支配されているように思えるときこそ心地よく、愛を感じられたのでしょう。

たぶん沙知代さんは野村さんと出会い、「私の言うことを聞く人」と見抜いたんです。野村さんくらいの年齢の男性の女房像は、夫の言うことを聞いて家のことだけやればいい、というのが普通でしょう。でも、野村さんは逆でした。外で勝負の世界に生きているからか、逆に家では助言や叱咤《しった》もしてくれる強い女性がいたほうが楽だったのでしょう。言うなりになっている感覚こそが「愛されている」という実感だった。

この結婚は当初、沙知代さんは「嫁に行ってやった」で、野村さんは「来ていただいた」という感覚だったのでしょうが、長い年月を経て絆が揺るぎないものになっていったのだと思いました。これで長続きするのは、運命的とさえ言えるほど相性がいい男女だったから。でなければ、脱税騒動で監督辞任に追い込まれるなどしたときに、「この人とはもうやれない」となるはずです。

私は長く生きて、いろんな夫婦を見てきましたが、外から見たらこれほど不思議だけど、これほど引き合っている夫婦は見たことがありません。

今の若い人たちは結婚して「イメージと違った」と言って、すぐ離婚を口にする。「あなたが選んだんでしょ」と言いたくなります。

我慢することを知らないから、夫婦の絆など軽くなるばかり。それに比べれば、沙知代さんなしには生きられないほど野村さんは妻と一体化していて、最後は同じように亡くなるなんて、見事な夫婦愛じゃないですか。


(「朝日新聞」2020年2月20日/運命的とも言える夫婦愛/94歳)

▼きっと沙知代さんがお呼びになったんだと思います

昨年暮れの番組でご一緒した野村さんは、とてもしょげていらして、私が「そんなにショボショボしてたら沙知代さんがお怒りになりますよ」と励ましたくらいです。二回目は野村さんの希望で、私が住む熱海でお会いしました。

昔、熱海に別荘を持っていたけれども、そこを沙知代が売ったと話していましたが、「いいなあ」と海と空にかかる月をみていた寂しそうな顔が印象的でした。「辛い死に方をするよりも、沙知代みたいに五分で死ぬのがいい」とも。

きっと沙知代さんがお呼びになったんだと思います。ですから私は、思い通りになって、おめでとうございますと言ってあげたい。野村さんは彼女の嘘の経歴も嬉しそうに笑いながら話していた。彼女がいなければ生きている気がしないみたいな方で、支配されていることを楽しまれていたところがありました。

（「週刊文春」2020年2月20日号／野村克也の「最悪で最高な結婚」／94歳）

▼『風と共に去りぬ』が人種差別問題で配信停止のニュースに

私は『風と共に去りぬ』を黒人差別映画とは思わず、ラブストーリーとして観ました。黒人差別の描写は映画の一部分に過ぎません。そして奴隷制のもと、米国で黒人差別が行われていたことは誰しもが知る事実です。人種差別などあってはなりませんが、それを乗り越えてオバマ大統領が誕生した。『風と共に去りぬ』は、もうあのような時代には戻らないという視点で観るべき映画だと思います。

それなのに、映画の一部の差別的描写だけを理由に配信を停止するのは、むしろ時代に逆行しているのではないでしょうか。

（「週刊新潮」2020年6月25日号／「風と共に去りぬ」を歴史から消し去っていいのか／95歳）

▼撮影が遅れて放送が止まる。そんな話、聞いたことないです

『半沢直樹』のような原作ものは、絶対やらないって決めているんです。やっぱり原作ものは大変ですよ。面白くても褒《ほ》められるのは原作者だし、ヒットしなければ責められるのは脚本家。どうしても原作ありきになるから、やりたくない。

過去に手掛けたことはありますが、石井ふく子さんから〝原作通りにやって〟〝こう直して〟って命じられ、ケンカしながらやっていました。私も彼女のおかげで世に出られたから、足を向けて寝られませんが。

長年ドラマの現場にいますが、撮影が遅れて放送が止まるのは前代未聞、そのような話は聞いたことがありませんね。俳優さんと揉《も》めて撮影がストップしたことはありますよ。

私の経験ではＮＨＫ大河ドラマ『春日局』（１９８９年）のときでしょうか。主演の

大原麗子さんが、家光の実母・お江与を演じた長山藍子さんの出番が多いって文句を言って休んでしまった。

実母でありながら自分の息子を育てられない。その辛さをきちんと描くためには、長山さんの役を大きく描かざるを得ない場面があったんです。

そもそも、長山さんがこの役になったのは、大原さんに「友達だから配役して」って頼まれたから。なのに、「あの人を外して」とワガママを言うのだから呆れました。熱海から上京して、中華料理屋でスタッフと一緒に説明して、そのうち春日局の出番の方が多くなるからって諭《さと》して台本は変えなかった。一日撮影が止まってしまいましたが、幸い放送に影響はありませんでした。

そんなに揉《も》めたのはこれくらいで、普段はプロデューサーが現場で上手く処理してくれるものなのです。

(「週刊新潮」2020年10月1日号/うまい話には裏がある/95歳)

▼眞子さまのご結婚問題「ホームドラマ」に好奇心

もとは眞子さまのご結婚問題なんて興味はなかったんですよ。皇室なんて、私に関係ないから。

それが取材を受けて、週刊誌をかき集めて読み始めたら面白くて。行方が気になってたまりません。気づけば「普通の家族」に置き換え、「自分だったら」「自分の娘だったら」と感情移入している。皇室という特殊で遠い存在なのに、さまざまな記事を一つの「ホームドラマ」として読んでいるんです。

それはどうやら、私だけではないようです。「個人の自由の時代なんだから、結婚させてやったらいいじゃないか」「ああいう家庭で育った人で大丈夫なのか」とか、なんだかみんなが「おせっかいな親戚」になったような感じ。

放っておかなきゃ。関係ないんだから。でも、私も放っておけません。

家族の中のゴタゴタって、皇室じゃなくても、はたから見ている分には面白い。どの家もなにかしら問題を抱えているのに、外には何の問題もないような顔をしている。他人の家も同じだと知っているから、知りたくてたまらない。飢えているんです。私が書いた『渡る世間は鬼ばかり』などのドラマに人気が出たのも、フィクションとはいえ、よその家の中を垣間見られるからだと思います。

私がホームドラマの面白さに気づいたのも、我が家に「問題」があったからです。ホームドラマを書くなんて夢にも思っていなかったんですが、「口うるさくなくて楽そう」と思って一緒になった夫は、結婚してみると二日連続カレーを出すのもダメという人。姑《しゅうとめ》に「味が薄い」とか、洗濯物の干し方まで文句を言われ、傷ついたり怒ったりした体験が脚本につながった。

脚本を書くときに大切にしているのは、いろいろな立場の人の目を想像して、どの立場の人にも共感できるようにすることです。

嫁、姑《しゅうとめ》、子ども、夫……。対立する場面が多いですが、「誰か」の立場に偏《かたよ》ってはいけない。「冷静な第三者」に徹することが多くの人から支持されるドラマを生み出すためには必要なことだと思います。

口で言うのは簡単ですが、実は私、年を取ってからは「古い人間」の側の味方をすることが多いんです。「姑の面倒くらい見なさいよ」と思ってしまう。もう、そういう時代ではありませんので、私はそろそろ「失礼しました」と、ドラマの世界を去らなければいけないのかもしれません。

眞子さまのことも「好きに結婚させてあげなさいよ」と思っていたのに、いまでは勝手に秋篠宮さまの気持ちになって、「大丈夫かしら」と心配しています。もう「冷静な第三者」ではなくなり、ただの「やじ馬ばあさん」です。

（「朝日新聞」２０２０年12月1日／オピニオン＆フォーラム　皇室の結婚／95歳）

▼渡る世間に佳代さんがいても

秋篠宮さまは会見で、少し震えていらっしゃるようにも見え、目もどこか泳いでいるようなところがあったりして、〝お父さん、負けちゃっているじゃないの〟って思いました。

というのも、眞子さまがこの前に発表された「決意文」は、自らの思いの丈をしっかり真正面からぶつけられていた。私が結婚したときなんて、もう精いっぱい頑張りますとか、それぐらいしか言えなかったですから。

今の時代は女性がどんどん強く、逞《たくま》しくなっていますね。秋篠宮さまに限らず、世のお父様方はご苦労なさっていることでしょう。

ただ、私みたいな古い人間は、眞子さまが世間に飛び出し、小室さんのお家に入られて大丈夫なのかと思うところはあります。

小室さんのお母さま、佳代さんのほうがトラブルを抱えているみたいですから。眞子さまもゆくゆくは嫁姑問題で頭を悩ませるようになられるのかしら……。そんな野次馬みたいなことばっかり言ってもしょうがありませんね。

実は眞子さまと一度だけ、お会いしたことがあります。２０１５年の秋に文化功労者に選ばれ、皇居宮殿でのお茶会に招待されて黒柳徹子さんたちとご一緒しました。

各テーブルに当時の天皇皇后両陛下や皇族の方々が回ってこられ、最初にいらっしゃったのが眞子さまだったのです。女官の方を連れてお座りになり、〝この度はおめでとうございます〟とお声を掛けていただき、えらく恐縮しました。

後になって思えば、すでに小室さんとお付き合いをされていた頃ですよね。当時はそんなことを知る由も、聞く勇気もありません。二十分ほどで次のテーブルに移られていきましたが、孫ほど歳が離れた若い女性なのに、佇《たたず》まいも食事のなさり方も素晴らしく、まさに女性の鑑《かがみ》のような方。私たちとは育ちが違う雲の上の人だと実感致しました。

その後、世間を騒がす問題がいろいろ起こりましたが、眞子さまはあの頃と変わらず凜《りん》として、毅然《きぜん》としていらっしゃるようにお見受けしますから、どんな困難も乗り越えられるでしょう。陰ながらお二人の幸せをお祈り申し上げます。

（「週刊新潮」２０２０年12月10日号／渡る世間に佳代さんがいても／95歳）

第 2 章

ドラマ『渡鬼』が、まさかこんなに続くとは……

▼いよいよ『渡る世間は鬼ばかり』がスタート！

ユニークなタイトルと言われています（笑）。プロデューサーの石井（ふく子）さんも最初はエッ？　と思われたようですよ。ねらいは喜劇なんですが……。

人間て真面目になればなるほどおかしいんですよね。

はたから見ていると、人のケンカなんかすごく面白いでしょう（笑）。それと同じで、ドラマの場合もお客さんが見たときに、自分のことと比べて、これは面白いというのじゃないとつまらないんです。

私はホームドラマを書くときに、ふつうの人が現実には言えないことを、ドラマの中の人物が言い合っているという作りにするよう考えているんです。

奥さんが、自分の隣にいる宿六もああ言いたいのかなと思ったり、うちの女房もああ言いたいのかとご主人が考えてくれる、そういうドラマっていいなと思うんです。それを一年間続けてやってみたいなと。

それでタイトルですが、たとえば「家」とか「家族」とか、そういう真面目なのはだめだなと思って、ちょっと斜めの題名をつけたんです。

いろんな世代が出てきます。五人姉妹の親はいわゆる私たちと同じ世代、60代（当時）です。老人がどんどん増える中でどう生きるかっていう問題や子離れのこともあります。これを藤岡琢也さんと山岡久乃さんがおやりになる。

つぎが長女役・長山藍子さんの40歳に近い世代です。それから次女・五月《さつき》のピン子ちゃんの世代、その後が三女・中田喜子さん。そして結婚してない四女五女もいますが、全部世代が違い、職業も違って、いろんな問題を抱えているんです。それらをずっと見ていこうというわけです。

わずか一年の中で、人間がどう変われるか、本当はそんなに短い間に変われないかもしれませんが、やはりその間に変わってほしいという願望を持って書いていき、一年たったら家族はこう変わってましたよというふうなことになりたいと。要するにそれぞれの世代が、一番自分に合った生き方を見つけていくドラマなんです。

で、テレビを見ている方はどのケースの家族にあたるかはわかりませんが、こういう生き方があるからちょっと考えてみたらどうですか、と問いかける。

うちはあそこの家庭に似てるけど、あのやり方でいいんだと思う方もいるし、やっぱりあのほうがいいかなと思う方もいらっしゃるでしょう。その家族にとってどういう生き方がいいのかが問題なんですね。一つの家庭に答えは一つじゃないんです。

私にとっての鬼は、やはり自分ですね。私って、もともとは怠け者で遊びたがり屋ですから、そんな自分とどう戦うか。

で、自分が鬼ですから仕事をうるさく言う人が、今度は鬼に見えたりね、締め切りだなんて言われると鬼に思えたりする（と笑いながら）石井さんの方を見る。

（「TBS季刊広報誌「ラブリー秋号　No.99」1990年10月1日発行／65歳）

▼〝鬼〟は自分の気持ち次第で鬼であったり、なかったり

私にとっては、亭主が鬼でした。だけれど、その鬼によって私は磨かれてきたと思います。

『渡る世間は鬼ばかり』の出演者と収録スタジオで。岡倉家の両親役・山岡久乃さん、藤岡琢也さん、中華料理店「幸楽」の姑役・赤木春恵さんもお元気でした

すごくワンマンでしたし、時間を大事にする人でした。いまは亭主が亡くなって私の時間は自由です。そうなると、仕事が遅れるのね。だから、つくづく思った。私は鬼の亭主のためにずいぶん得をしたなと。

男というのは、おおらかで、なんでも許すものかと思ってたけどそうじゃない。男ほど許さない者はない。厳しいですよ。私はずいぶん亭主を鬼だと思ったけど、勉強もさせてもらった。

〝鬼の居ぬ間〟じゃないけど、限られた時間に集中して仕事をやることを覚えたし、そんなときにやった仕事はやはりいい仕事ですね。いくらでも時間があると思うとすぐ寝ちゃったり、テレビを見たりで、集中力がないですね。

今度のドラマのタイトルになってる〝鬼〟は、自分の気持ち次第で、鬼であったり、なかったりするわけです。

この鬼を乗り越えることで、自分のプラスになっていく。〝鬼ばかり〟というのも、そう思わないと、万事に鈍感になって、いいかげんな暮らしになってしまうからです。

（「女性セブン」1991年5月23日号／シリーズ提言　21世紀の女性学／66歳）

▼〝やさしい人だわ〟と思って結婚しても、結婚したら男はそんなにやさしくない

女は、相手を幸福にしてあげようとは思わない。幸福にしてもらおうと思って結婚する。そうすると、ちょっと思いどおりにいかないと、「なによ、あなた、私を少しも幸せにしてくれないじゃない」「おまえだって、なにもしてくれないじゃないか」とケンカになってしまう。

『渡る世間は鬼ばかり』(『鬼渡』)の藤田朋子さん演じる五女・長子《ながこ》は、家にいても家事はなんにもしない。あのままお嫁に行ったら大変ですよ。亭主がなんでもやってくれると思ってる。

男のほうは男のほうで、いまはみんな母親から過保護で育てられているから、結婚すれば快適な生活ができると思ってる。ごちそうがバンバン出てくると思ってる。ところが出てこない。お互い期待はずれで、「もう別れましょう」なんてことになる。

だから、結婚する前に、しっかり話を詰めておくべきなんです。どういう暮らし方をするか。共働きの場合、家事の分担をどうするか。生活費はどう出し合うか。「ハンサムで、やさしくて、素敵な人！」なんて思って結婚しても、してしまえば、そんなにやさしくないいんだから（笑）。ピン子がこう言うの。

「してみたらよくわかった。結婚って、こんなものなの？」「忙しいとき、仕事から帰ってきて台所に立ってると、なんで私が豆腐切ってるんだろうって思うことある」

彼女は料理は上手だし、すごく家庭的な人なんですよ。だけど、彼女も仕事もってるから、ときどき考え込んじゃうのね。主婦の仕事ってなんだろ？　って。

（「女性セブン」1991年5月23日号／シリーズ提言　21世紀の女性学／66歳）

▼『渡鬼』八年目、嫁と姑のケンカも変化して

『渡鬼』のパート4の収録に入って石井さんがびっくりしたんですって。始まって八年目だけれど、役者さんたちを見ているとそう変わらないのに、子供は全然違う。

当然成長するわけだから、問題も変わってくるということですよ。

時代を知っておかないとドラマは書けませんからね。特にこれだけ長く続くとどうしてもマンネリだって言われちゃうわけですよ。でも、マンネリがお好きな方もいるのね。やっぱり嫁と姑は、ケンカしたり和解したりがいいって（笑）。

ただし、同じケンカでも、どう新しくしていくかなんです。今という時代を、どう感じてもらうかなんです。どこかに新しいケンカがないと、ただ単に嫁と姑がぶつかるためにドラマを書いている、と言われてもしょうがないですから。

よく新幹線の駅なんかで待っていると「〝鬼〟はいつから始まるんですか、がんばって下さい」なんて、声をかけてくださる方がいるんです。

ありがたいですよね。だいたい脚本を書くというのは孤独な作業ですから、以前は長いセリフを書いてみんなをびっくりさせてやろうなんていう、密かな楽しみもあったんですけど。最近は、もう誰もびっくりしなくなっちゃった。だからちょっとつまらない（笑）。

（ＴＢＳ季刊広報誌「ラブリー特別号 №１３２」１９９８年９月25日発行／73歳）

▼覚悟してついたウソ「山岡久乃さんは私の脚本がお気にいらなくて降りたみたい」

よく「女の敵は女だ」と言われますが、私には男性不信こそあれ、女性不信に陥った経験は一度もありません。

私のドラマはすべて女性が主人公です。出世作となった『となりの芝生』も、代表作と言っていただける『おしん』も、大河ドラマ『おんな太閤記』『春日局』『いのち』も、女優さんたちに助けてもらわなければ成り立たない作品です。見てくださる方もほとんどが女性。私は、女性に感謝こそすれ、敵視したことなど一度もないです。

先日までパート4が放送されていた『渡る世間は鬼ばかり』も、女優さんたちに助けられてこそのドラマです。それなのに山岡久乃さんが番組を降板なさったとき、私と山岡さんの間に確執があったと書かれたのですから驚きました。

確執など、カケラもなかったんですよ。ただドラマとはいえ、山岡さん扮する〝岡倉家のだいじなおかあさん〃節子を殺してしまったことに対しては、責められてもしかたがありません。でも、あれには事情があったのです。

昨年(1998年)7月、山岡さんが再入院なさってから、彼女がガンであること、余命が半年らしいという情報は、内密にですが入ってきていました。それを知っていたのは、石井ふく子さんと私、そして山岡さんのマネージャーの三人だけ。山岡さんはご存じありませんでした。

最後まで「自分は治る」と信じて闘病生活を送っていた人です。私たちと会おうとしなかったのも、女優として、病み衰えた姿を見られたくなかったからでしょう。

結局、旅行先のニューヨークで急死するという設定にしたのですが、パート4の第一回を見てくださった方からは、「入院中の人を殺してしまうなんて」とずいぶん非難されました。取材も来ましたが、ガンで役を降りたということは何としても隠さなければいけません。

それで、「山岡さんは私の脚本がお気にいらなくて降りられたみたいですよ」と申し上げたのです。その結果、「番組裏で女同士のいじめがあった」などとマスコミに書き立てられ、ふく子さんには「よけいなことは言わないで」と叱られました。でも、あれは私が覚悟してついたウソですから、なんと書かれてもしかたがなかったと思っています。隠し通さないといけないこともあるんですよ。

亡くなられたときは、悲しかったですね。私は山岡さんのさっぱりとした気性が好きでしたし、あの方がドラマを支えてくれた部分はひじょうに大きかったですから。マスコミが勝手に書き立てた記事なのに、多くの人が鵜呑《うの》みにしたり納得してしまうのは、「女の敵は女だ」「女同士で仕事をするのはむずかしい」という先入観があるからでしょうね。

（「婦人公論」1999年10月22日号／特集　女の敵は女、なのか／74歳）

▼私の中にも鬼はいる。意地の悪いところは私の分身かも（笑）

それぞれの役柄全部が自分の分身みたいなものなんですけど、特に意地の悪いとこ

上）橋田文化財団10周年記念セミナーで。『渡鬼』が始まったとき5歳だった眞役・えなりかずきくんは母親役・泉ピン子さんの背を追い越した。司会は元TBSアナウンサーの山本文郎さん。2002年

下）「幸楽」の意地悪な姑役を快く演じてくれた赤木春恵さんは、一緒に外国旅行もする気心の知れた友人だった

ろは自分の分身ですね。でも、優しいところは全く分身じゃないんだけど（笑）。生き方にしても考え方にしても、みんなの中に自分がいるからね。全部自分を書いているようなもの。それに、私も自分の中に鬼を感じることはけっこう毎日あるの（笑）。

たとえばお手伝いさんが、犬と遊んでばかりいて、月給払うの悔しいと思うと、スーッと足音忍ばして見に行って「犬と遊ばせるために、私はお給料払ってるんじゃないよ」って、現場を押さえに行くとか。お風呂はちゃんと掃除してあるか確かめるために、モノをわざと置き忘れたりしてみたりとか……。

掃除してないのに、したとか言われると、「私はちゃんとここにコレ置いといたんだから。そのままになってるでしょ」なんて言い返したり、そんな意地悪をしょっちゅうしちゃうの。そういう自分は嫌だけど、することはけっこう楽しい（笑）。

私たちの世代っていうのは、言ったことはちゃんとやって欲しいと思うのね。ズルイのは嫌い。のろくてもいいの。一生懸命やってくれればいいんだけど、自分の嫌いなことはうまくすり抜けてしない。最近はそういう人が多いと思う。

（『渡る世間は…橋田壽賀子・石井ふく子対談エッセイ』、TBS／2001年1月／75歳）

▼『渡鬼』十二年目。5歳だったえなり君が高校生！

十二年と言われても、どうもピンとこないんですよ。ただ、眞の役をやっている、5歳だったえなりかずき君がもう16歳。時間がたつのは早いですね。

子役だったえなり君が、今度の参議院選挙のポスターになって日本全国どこにでも貼ってあるのを見たときはビックリ。ああ大スターになっちゃったんだって。

えなり君の人気はドラマでも急上昇で、母親役の泉ピン子さんなんか冗談で、「小便の面倒までみてやった子供に人気をさらわれちゃった。みんな、えなり、えなりって。ドラマはえなりがいればいいんでしょう」とひがんで言っていますよ。

若い人から「えなり君のお母さん役の人」と言われたこともあるって。

えなり君は、勉強家でよく新聞を読んでいるそうで、時事問題に詳しいんですって。何かわからないことがあったらスタッフは、「えなり先生に教えてもらおう」と言って聞きに行く。それが合言葉になっているようですよ。

えなり君は石井さんが『ホットドッグ』という番組に出ていたのを見て決めたんだそうです。番組の中で積み木をしていたんだけれど、4歳の遊び方じゃなかった。石井さんが、この子には何かあると思って起用したら見事に当たった。

えなり君は空手にゴルフに三味線と趣味も広い。いつもニコニコしていて性格もいいから、みんなに好かれています。父親役の角野卓造さんは、とくに可愛くてしょうがないようで、いつも頭をグリグリしているんですって。

私や石井さんをはじめ、この番組には70歳以上の人が多い。赤木春恵さん、藤岡琢也さん、野村昭子さん、京唄子さん。こんな番組はほかにはないでしょうね。私のドラマはセリフが長いから、セリフのうまい人じゃないとダメなんです。

（「週刊朝日」2001年8月31日号／「渡る世間は鬼ばかり」12年　橋田壽賀子さんがすべてを語る／76歳）

▼意地悪なお姑さんをずっと演じていただいて、私、赤木春恵さんには申し訳なくて

赤木さんは平気な顔をして次女・五月の姑のキミ役演じて下さっているけれど、ドラマと現実を混同している人って大勢いるんです。実際はとっても優しい方なのに。たまにはキミも反省して、いいお姑さんになるんです。でも、すぐ元に戻ってしまう。視聴者の方は「あんなに良くしてもらっといて。何よ」と怒りますが、キミがいい人になったら、あのドラマは成り立たないんです。

単純なんですよねえ、キミさんは。

とにかく〝いま〟が大切で、振り返って考えない人。お香典の金額を決めるときも、「父ちゃんのときは幾らもらったの。えっ、二万円？　じゃあ、うちも二万円にしなさいよ」とか。ああいう会話って、実は、どこの家庭でもあることなんです。

子供の問題が出てくると、女性は強くなる。自分のことだけだったら、わりあい引くんですけど、子供を守るのは自分しかいないと思うと、亭主のことも尻に敷いてしまうし、お姑さんにも歯向かっていく。次女役の五月もジーッと我慢してきたけれど、結婚して二十年もたつと〝嫁というだけでおとなしくしていられないぞ〟と。

間に入った亭主が、実はいちばん可哀相。妻はそこを考えてあげないと。

皇太子様（当時）は雅子様と結婚するとき、「僕が全力を上げてお守りします」とおっしゃったけど、ああいう夫はなかなかいませんね。「僕を守ってください」みたいな男ばっかり。

嫁姑問題は、それこそ千差万別ですから、正解なんてないんです。でも、根本的に言えるのは、「お互いに期待し合わない」ということでしょうね。

いまのお嫁さんは「お嫁に来てあげたんだから、優しくされて当然だわ」と思い、お姑さんは「もらってやったのだから、言うことを聞きなさい」と考えている。

それじゃ、うまく行くはずがないです。まず、お嫁に行く人は、お姑さんに優しくしてもらえるなんて期待しちゃダメ。一種の敵だと覚悟して結婚しないと。

もしお姑さんがいい人だったら、儲けもの。お姑さんのほうも、いいお嫁さんが来るなんて期待しない。少しでもいいところがあったら、ありがたいと思えばいいのに、ちょっと気にくわないだけで、「うちの嫁は全部ダメ」と決めつけてしまう。考え方を少し変えるだけで、お互いの関係はずいぶんよくなると思いますよ。

（「婦人公論」2001年7年22日号／赤木春恵さんとの対談／誰にでも〝姑根性〟はある／77歳）

▼誰にでも姑根性はあるんです

実は私も、お手伝いさんが帰った後、台所をチェックすることがあるんです。それでガス台が汚れていたら、ゴシゴシ磨くの(笑)。本当は言ってあげたほうが親切なんでしょうけど、私はお手伝いさんに遠慮しているから、黙っていて、自分で拭くんです。

汚れに気がついたとき、その場で注意してあげるのが親切なのか、知らん顔していて後で洗い直すのがいいのかは、難しい問題ですよね。私、その辺が今でもよくわからない。うちのお手伝いさんも一生懸命なんですよ。気を遣ってくれているのは充分わかっているんだけど、言いたくなります。

わかってくれないお嫁さんだったら、「あなた、何遍言ったらわかるのよ」と怒りたくなるでしょう? もし私が姑で、お嫁さんと同居していたら、大ゲンカしていたかもしれない。相手がお手伝いさんでよかったわ(笑)。

結局、答えは一人ひとりが見つけていくしかないんですよね。でも、私はやっぱりひとりがいいな。係累《けいるい》がいないというのは、いちばん楽です。自分のことさえ心配していればいいのですから（笑）。

（「婦人公論」2001年7月22日号／赤木春恵さんとの対談／誰にでも〝姑根性〟はある／77歳）

▼甘え合ってはダメ。家族のいい関係はお互いの自立がカギ

家族の形や絆は、時代によって変化します。社会の動きにつれて家庭内に持ち上がる問題も変わるので、『渡る世間は鬼ばかり』も長く書き続けることができたのではないのでしょうか。

ドラマではさまざまな形の家族を描き、メッセージを送っていますが、どの形が良いという結論は出さないようにしています。

たとえ夫婦が別居していても家族。「同居しなきゃ」とか「二世帯住宅にしなき

ゃ」と、型にはめようとする必要はありません。

家族の絆をつくるには、お互いが自立することが一番大切だと思います。しがみつくことが絆ではなく、親も子も互いに自立してこそ、相手を思いやる気持ちが生まれるものです。

親が子供にお金をあげるのはもってのほか。厳しいようですが、絶対に子供に家なんか建ててあげてはいけません。「家も建て、孫にもいろいろしてあげたのに子供は何もしてくれない」とこぼすのは愚かです。

絆は甘え合って、築けるものではありません。幸せになるために、皆が血を流す必要があります。

『鬼』の家族はリストラ、嫁姑の関係、夫婦間のいさかい、離婚など、いつも波をかぶりますが、その都度、対処法を示してきました。誰かが挫折したときに家族は突き放すのか、温かく接するのか。「挫折と立ち上がり」に家族の絆が絡んでいくのが、私のドラマの芯《しん》だと思っています。

夫婦ゲンカをしたり、子供に反抗されたりと、抵抗に遭《あ》わなければ、人は自分らしい生き方を見つけることができません。波をかぶることで絆が壊れることもありますが、波にもまれながらも家族が何らかの解決策を見いだして、絆を強める過程を描きたいと思っています。

（「スポーツニッポン」2005年1月1日／突き放してこそ深まる家族の絆／79歳）

▼藤岡琢也さんが亡くなったのは痛かったです。けれども『鬼』を書くのは私の宿命です

藤岡さんが途中で亡くなったのが痛かったですね。山岡（久乃）さんと藤岡さんの昔のを見ると、「ああ、これが『鬼』だったんだな」と思います。今はもう『鬼』でなくなってきているなという気がしますね。

でも、それはそれで書かなきゃならない宿命ですから。

（「週刊朝日」2009年5月22日号／マリコのゲストコレクション466／84歳）

▼『渡鬼スペシャル2016』のテーマは〝女の孤独〟

私が91歳で、石井さんが90歳。合計181歳です！　よく、仕事をさせていただけるねって二人で話していたのよ（笑）。

今回のテーマは〝女の孤独〟です。私は若いときから孤独で、今も孤独に変わりはないけれど、でもひとりは気楽です。けれども、何げなくテレビを見ていたとき、孤独を嘆く女性の姿が映し出され、疑問が湧いた。

「友達を作るために、いろいろな会に入っている人もいるけれど、それで孤独を埋められるのかな」「ひとりぼっちの人は何をして、心の隙間を埋めているんだろう」という思いが今回のテーマに結びついたんです。

年寄りはいつか必ずひとりぼっちになるときが来る。孤独をどう消化していけばいいのか。ドラマを通して、そういう問題を皆さんに考えてほしいのです。

前回のスペシャル以後、約一年半、家計簿も日記も一文字も書かなかったんですが、テーマが決まったら一カ月で書き上げました。
この作品は〝時代〟を書ける。社会が抱えている問題を次女五月たち五人姉妹を通して書けるチャンスをいただいた。去りゆくばかりだと思っていましたが、書いてみたら楽しかった。また書かせていただけるようにお願い致します。

（「渡る世間は鬼ばかり2016特別企画」記者会見／2016年9月1日／91歳）

▼『渡鬼2018』石井さんと二人合わせて184歳の記者会見

私は現在93歳。仕事は90歳で辞めようと思っていましたが、『渡鬼』だけは書かせていただいております。それは本当に幸せなことだと思っています。

『渡鬼』は時代と共に登場人物が成長するドラマですので、時代に合わせた社会問題を描いてこられたことも大変幸せに思っています。

次女の五月（泉ピン子）はいつの間にか姑になりました。五女・長子（藤田朋子）の旦那が在宅医療をやっていたり、長女・弥生（長山藍子）はお年寄りが集まる場所を作ってあげたいと考えたり。五月の夫・勇が足を骨折し入院。「幸楽」で仕事ばかりしていた夫婦が初めて向き合うとか、65歳過ぎた夫婦のあり方も考えてみました。

特に、在宅医療の問題は私自身とても関心があるので、これからもしっかり書いていきたいなと思っています。

あのう、プロデューサーの石井さんはまだお誕生日前なので91歳ですから、93歳と91歳、二人で180歳超えの記者会見です（笑）。

本日はお集まりいただきありがとうございました。

（「渡る世間は鬼ばかり　2018　3時間スペシャル」記者会見／2018年8月27日／93歳）

石井ふく子さんの誕生日パーティーで。岡倉家5人姉妹と母親役・山岡さんも揃ってにぎやかに

第3章

対談は楽しいから、つい喋りすぎてしまうのよね

▼ハッピーエンドが好きなんです。これはもう趣味なんです

やっぱり最後はハッピーエンド。これ、趣味と言うよりしょうがないですね。人生観なんて大きなものではなく趣味。

ハッピーエンドが好きですから、どれもハッピーエンドにするって業界に嫌われる。最後がおもしろくないとか、甘いとか軽いとか言われるけど、ドラマというのはね、ハッピーエンドにしなくては見ている人を救えないの。

小説ならいいでしょうが、茶の間に入り込んでいくテレビは、見終わって、ああよかったと思わないといけないと私は思うの。

（「CATV」1990年9月5日号／小林由紀子さんとの対談「おしんの秘密」／65歳）

▼主人が亡くなって全部自由な時間になったら緊張感がなくなって……

皆さん、私のことを家事と両立させていたとおっしゃるけれど、私は家にいる仕事だったから出来た。亭主がいたから仕事が出来たと思いますよ。亡くなった今はいっぱい時間がある。出かけても怒る人がいないわけ。

亭主がいた頃は、何時に買い物に行って、何時に御飯の支度をして、こういう対談だって気軽に出てこれないわけ。今は夕飯の支度もしないでいいわけだから、お友達の電話があると「うん、行くわ」となる。年じゅう遊びに行っちゃう。やたら出かけて仕事する時間がない。拘束されることがなくなったら、今、全然仕事がはかどらない。

亭主がどんなにありがたい存在だったか。私の生活のリズムをつくっていたというのはありますね。怒られるのが怖いから、何でもきちんとするし、時間がものすごく貴重で、あいた時間に集中して仕事して。今はね、時間があり余っているけど貴重じゃないのね。緊張感がないの。

ゆっくり書かないと楽しくないから締切に遅れるなんて仕事はとらない。でも今はね……自分で自分を縛るというのは難しいことですね。

うるさいのが一人いて、出かけると機嫌の悪い顔をする。そんな顔を見るくらいなら、家にいて仕事するほうがましと思うでしょう。そういう人がいてくれたほうがいいですね。人間、弱いなと思うんです。いるときはいろいろな意味で嫌だなって思うときもありましたけど。

仕事のことはみんな相談して決めていたんです。今、私、ばかな仕事をしたりするんですよ。あの人には義理があるからとか。それはいけないの。やはり断ろうと思ったものは断わらないとね。

主人が悪者になってくれていたの、断るときに。今はそれがなくて困りますね。

（「CATV」1990年9月5日号／小林由紀子さんとの対談「おしんの秘密」／65歳）

▼ドラマも人生も〝出し惜しみ〟はもったいない

ＮＨＫ朝ドラ『おんなは度胸』（１９９３年）の藤山直美さんと園佳也子さん、意地悪なんか書いたつもりがないのに、二人が意地悪で売っちゃった（笑）。

みんな自分を守りたいから一生懸命になってる。守る者同士がぶつかり合うんで、別に意地悪してるわけじゃないんですよ。

そもそも今回の朝ドラは、ほんとうに突然降ってわいたような話なんです。『おしん』のときから知っている人が出世して、大阪へ行ってチーフプロデューサーになったから、お祝いに何か書いてやらなきゃいけないって話になって。それで、大阪物をやるんだったら、とにかく藤山直美さんと藤岡琢也さんと園佳也子さん、この三人だけはおさえてくださいと頼んだんです。

三人だけ大急ぎでおさえてもらって、あとは東京から誰か一人大阪へ通ってもらおうといろいろな人に頼んだけど、みんなダメなの。大阪の仕事は、宿泊費など俳優さんの持出しになる部分が多くて、そういう割に合わない仕事はみんなしないんですよ。だから泉ピン子さんに泣いてもらったんです。ただ、それでも5、6月は芸術座の『渡る世間は鬼ばかり』の舞台が既に決まっていて、その間は撮影ができないわけです。

仕方がない、途中で二カ月半病気にすることにして、全部そういうお膳立てをしてから、さあ何をやるかと考えた。東から乗り込んでいくっていう、東西の対立だけは頭にあって……。

たまたま私が熱海に住んでますから、旅館の話はよく知ってますし、女将《おかみ》さんも知っています。それに、山形に「古窯《こよう》」という有名な旅館があるんですが、そこの女将さんは一代でのし上がった人で、そのかたのドラマをやりたいと思ってたものですから、それとドッキングさせたんです。

出し惜しみをしないで、とにかく何かいいことを思いついたり、いい展開ができそうだと思ったらどんどん使うことにしているの。後のことなんて考えない。そのときになれば、またいいアイディアが浮かぶから、ご馳走はどんどん出したほうがいいんです。出し惜しみをするとたるみます。

どんどんおいしいの使ってるうちになくなると、意外な面白いものが出てくるんです。窮《きゅう》すれば通ずるということね。みんな終りのほうになってておもしろくなってくるのは、出し惜しみするからなのよ。


（「ミセス」1993年9月号／内館牧子さんとの対談／ドラマも人生も〝出し惜しみ〟はもったいない／68歳）

▼感動することも、知りたいことも、すべてがオバサンの感覚なの

よくわからないんですけど、私の中のオバサン度が高いんじゃないでしょうか。芸術性まったくなし。

ちょっとでもカッコつけようと思ったら、ぜったいドラマは当たらないですね。自分が感動したこと、知りたいことが、オバサンの感覚なんです。芸術性もなにもなくて、井戸端会議しているような感じ。

それから、登場人物が、ふつう言わないようなことを全部ドラマで言ってる。本音をぶつけ合ってる。「私が言えないことを言ってくれてる」と、見てすっきりするんじゃないでしょうか。

（「家の光」2002年5月号／林真理子のおもてなしトーク／77歳）

▼結婚してからは亭主の「月給」がありますから、よく仕事でケンカしました（笑）

TBSの月給が高かったから（笑）、私、お嫁にもらってもらったんですよ。ブスで、年上で、よくそんな女と一緒になってくれたなと思います。しかも「書くのをやめろ」と言ったんです。シナリオの稼ぎをアテにしてるわけでじゃないんだからって。

その頃もう40歳、書いてはいましたけど、年中プロデューサーに「ああしろ、こうしろ」と言われるんですよ。登場人物を全然結婚させるつもりないのに、「結婚させろ」とか言われちゃうわけ。こんな世界で仕事するのいやだ、やめようと思ったことがあるんです。でもそのときに、ケンカするには「月給」がないとできないなと思って。腹立つヤツがいっぱいいましたよ。今だから言うけど、後で仕事したとき思いっ切りケンカして飛ばしました（笑）。

（「週刊朝日」2009年5月22日号／マリコのゲストコレクション466／84歳）

▼間食しないと原稿が書けないんです

（新聞紙でくるんだ長い包みを阿川佐和子さんに渡しながら）荷物になるんですけど、これ、うちで採れた大根です。（直径20センチぐらいの柚子を取りだして）これもうちでなる鬼柚子なの。食べられないんだけど、珍しいから観賞用にいいかなと思って。

熱海では畑仕事をして、泳いで、犬の散歩して、あとは脚本書くだけ。もう刑務所暮らしみたいです（笑）。朝の八時半から、この頃は600メートル泳いで、あとはプールの中で歩くんです。でも間食がやめられないから、太ります（笑）。

お医者さまにやめなさいって言われてるんですけど、食べないと書けないんですよ。

石井ふく子さんが「原稿を読むと橋田さんがここで何を食べたかわかる」って。お煎餅の粉が飛んでたり、スイカやブドウの汁がついてたりするから（笑）。

（「週刊文春」２００３年１月16日号／阿川佐和子のこの人に会いたい／77歳）

▼『笑っていいとも！』に出ていたら、原稿が間に合わなくなって

『笑っていいとも！』のレギュラーは約三年（１９９８年〜２００１年）やりましたけど、さすがに毎週出てると原稿が間に合わなくなって、やめました。出ることになったのは、なんだか知らないけど、突然、依頼があって。「エーッ！」とか思ったけど、私、テレビに出るの大好きなんですよ。出たがり屋さんなんです。

家で仕事してると誰にも会わないでしょう。たまに会っても仲間だけで、私、他の人を知らないんですよね。でも、テレビに出るといろんな人がいらして、面白い。だから、好きなのよ。

からかわれに行くんです、それが嬉しくて。私が失敗すると、隣にいる加藤（浩次）君なんかに「バカッ！」って頭殴られたりしましたからね（笑）。ピン子なんか「何で頭殴られなきゃいけないのよッ！」ってカンカンに怒るんです。でも、「あそこでは私は作家じゃないのよ。タレントさんになりたくて行って、何かされるのが嬉しいんだから放っといて」って言ったの。

あとで謝りに来る人もいるんだけど、「気になさらないで。何をなさってもいいのよ」って。でも、香取（慎吾）君なんか年中ビックリして、私をおばあちゃんだと思っているからか庇《かば》ってくれるの（笑）。私、『いいとも！』に一緒に出てから、ずーっとあの子のファンなんです。

私のことを恐い人だと思ってたらしいですよ、みんな。でも、私はバカなんですよ。どこへ行っても「漫才みたいね」って言われちゃうぐらいヘンなの（笑）。

あと、若い子にモテちゃうんでビックリ。駅で修学旅行生なんかに会うと、「キャーッ！　写真！」とかって、いっぱい集まって来て死にそうになっちゃったりするの（笑）。それで、ドラマのほうにそういう世代のファンも増えたんじゃないですか。

石井さんには大反対されて、「いつやめるの？　出るなら脚本家としての矜持《きょうじ》を持って、NHKみたいなとこへ出なさい」って。

でも、私は誇りなんてないんですよ（笑）。

だって、私が書かなきゃ番組できないのよ。「そんなにイヤなら、私、『いいとも！』専属になって、ドラマの脚本降りるわ」って言やぁいいんですもん。お腹の中でそう思えるから、何も恐いもんないです、ウフフ。

（「週刊文春」2003年1月16日号／阿川佐和子のこの人に会いたい／77歳）

▼結婚して主人の部屋で荷物の整理をしていたら、女の人が鍵返しに来ました

結婚は石井ふく子さんが仲を取り持ってくれました。私が『ただいま11人』っていうドラマを書いていたときに、企画部にいた彼が担当で、まだ独身だっていうから、いいかなと思って。ふく子さんが話をしてくれたら、「いいよ、結婚しても」って（笑）。

結婚したのは41歳の私の誕生日です。向こうは年下で37、誕生日前だから36かな。後からわかったんですが、その頃、彼にはちゃんと女の人がいたんですよ（笑）。結婚するのにTBSの仲間にもギリギリまで発表するなって言われて、入籍した日に公表したんです。で、主人の部屋で荷物の整理をしていたら、女の人が来て「この間お借りした傘と、それから鍵もお返ししておきますわ」って。

私はそんなに驚きませんでしたね。「あ、やっぱりいたんだわ」と。でも、もう入籍してるもん。強いもん（笑）。「どうぞ、お上がりください」って言ったら、「いいえ、結構です」って帰っちゃった。私も勝負しました、ウフフ。

その女の人はモメさせようと思ったらしいんですよ。前に主人がお見合いをしたとき、その人が怒鳴り込んで来て壊されちゃったから、入籍するまで口止めしたらしいのね。主人に「女の人が鍵返しに訪ねてきたわよ」と言ったら、何とも言えない顔をしたの（笑）。

主人はその人と結婚する気はなかったみたい。その方の理想が高すぎるんですって。「芝生のある白い家に住みたい」とか、そんなこと僕にはできないよって（笑）。

私は自分の生活力に自信がなくなったから結婚したんですもん。この仕事じゃ一生食べていけないかもしれないなと思ったから。そのとき、初めて結婚願望が湧いたの。そしたら、たまたま身近にいい人がいた。月給がある。この人だと思って（笑）。もう40過ぎてたから、すぐ子どもを産みたかったの。ふく子さんに「仲人する以上はちゃんと子どもが産めるという証明書をもらってくれなきゃイヤだ」って言ったら、病院に連れて行かれて証明書もらって。やっぱりお義母さんがいるし。でも、子どもができなかったら、うちの主人が「そう言えば、随分女と付き合ったけど、子どもができたって言われたことがないなあ」って（笑）。

（「週刊文春」2003年1月16日号／阿川佐和子のこの人に会いたい／77歳）

▼昔の話ですけど、演出の久世光彦さんとは大ゲンカしました

演出家の久世光彦さんとは大ゲンカしたんです。『時間ですよ』で。あれは私の原

作です。「東芝日曜劇場」で中村勘三郎さん（先々代）と森光子さんでやって、のちにそれを連続ドラマにしたんですよ。

私、三回書いたんですけど、「ここはあけておいてください。堺正章と悠木千帆（樹木希林）にアドリブで何かやらせます」って言うから、「そんなドラマは書けません！」って降りちゃったの。

私が最初に書いた主義主張とは異なった線になっちゃったんで、明らかに違うと思って、降りました。久世さんとはパーティーで同じテーブルになっても、お互いものも言わなかったです。もう昔の話ですけど。

（「週刊朝日」2009年5月22日号／マリコのゲストコレクション466／84歳）

▼『渡鬼』20シリーズ目?! 100歳まで生きても無理です（笑）

『鬼』の10シリーズもいちおう決まってるんですけど、私、この5月10日で84歳になりましたからね。二年先まで生きてられるかどうか。

来年の4月からスタートじゃないですか。一年あきますからね。8月からまた書き始めます。でも旅行は行きますよ。9月かな、アフリカに行くのは。世界一の豪華列車、ブルートレインが走ってるんですよ。それに乗りたいんです。

(林真理子さんに80代でこんなにお元気なら『渡鬼』、20シリーズぐらいいけそうですよ、と言われて)

そんな。100歳まで生きても無理です(笑)。

(「週刊朝日」2009年5月22日号/マリコのゲストコレクション466/84歳)

▼今年の夏、花火を見に行きます。安楽死したいと言っているのに、矛盾してますね(笑)

安楽死がダメなら、痛みを取ってくれて、延命治療はしないという尊厳死に望みをかけるしかないですけれど、本当にきちんと面倒をみてくれる先生はどれくらいいるんでしょう。

私、住まいのある熱海で在宅医療の先生を探しているんですけれど、なかなか見つからないんです。いまのうちに鎌田（實《みのる》）先生にゴマをすっておこう（笑）。あ、実はこの夏、諏訪湖に花火を見に行くんですよ。「もう死んでもいい」なんて言いながら、花火を見に行く精神っていうのはどうなんだろう（笑）。血液の検査も毎月してるし、人間ドックも年に一度。矛盾してますね。でも、生きてる間はちゃんと生きたいわけです。死ぬことも真剣に考えています。

（「文藝春秋」2017年3月号／鎌田實さんとの対談／私の問題提起はおかしいですか／91歳）

▼香取慎吾さん、40歳へ。「自分がやりたいことをやっていけばいい」

この間、『おじゃMAP!!』の収録で熱海にいらしたときも感じたんですが、香取さんは明るくなった。何も重圧がないという気がしました。もう40歳なんだから、誰からも縛られちゃダメ。あなたの個性を生かす仕事をしなきゃ。

私はいちばんいいタイミングだと思う。若い未完成なときではなく、円熟のときだもの。香取さんなら何でもできる。絵を描いたっていいし、プロデューサーでも俳優でもいい。今までの人生を洗い直して、自分がやりたいことをやっていけばいいの。「四十にして惑わず」と言いますけど本当ですね。40歳になるまでは自分の良さがなかなかわからない。最高の時期に飛び立った、そう思います。

私が香取さんと仲良くなったのはタモリさんの『笑っていいとも!』ですが、その前に一度SMAPの番組に出たことがあります。『おしん』を書いた脚本家と紹介されたら、「『おしん』を書いた人が生きているの?」とメンバーの誰かに驚かれた。よほど過去の人が書いていたと思われていたのね(笑)。

香取さんは個性が強くて、私が書くホームドラマにはまらない人です。美男子すぎるし。この方が生きるようなドラマは1オクターブ高いものを書かないといけない。香取さんとドラマの仕事をしたいけれど、私には書けない。

(大河ドラマ『新選組!』の脚本を書いた)三谷幸喜《みたにこうき》さんは私とは違う世界の人です。あな

香取慎吾さんが『おじゃMAP!!』の収録で来宅。スマホで"自撮り"してもらう。「わあ〜、♥マークもバッチリ！」2017年、92歳

たは三谷さんと合う。あの方の作るキャラクターに香取さんははまります。

私はその辺のお兄さんか小父さんしか書けないから、香取さんには申し訳なくて出ていただけない。

まねしたいとか思わないけど、三谷さんの才能はすごい。同じく一流の倉本聰《そう》さんや山田太一さんにも追いつきたいとは思わない。私は私、二流でいいと思っています。

SMAPのコンサートにはよく行きましたよ。私が若い人の音楽にひかれたときにSMAPがいた。そんなに新しくはないし古くもない。カッコイイのが五人歌っているのを見たくて、時間さえあれば必ずコンサートには行きました。そういう「ほどの良さ」が私の世代に合っていたんです。

香取さんにとってSMAPは自分を見つめるまでに成長させてもらった、というのはよくわかります。五人でいろいろな人と比べられながら勉強したと思います。

いい三十年を過ごしたからこそ、これからの人生の選択ができると思う。そろそろ結婚したら人生、地に足が着いてきますよ。

家庭を持つと自分の才能を開花できると思うけど、逆に家庭に縛られて自分のエネルギーを女房に取られてしまうと嫌がる人もいる。価値観の違いというか個性の違いです。あなたが嫌いならいいと思います。

それを後押ししてくれる人と巡り合えたらいいわね。昨夜みたいに酒をそんなに飲まないほうがいい。親みたいなことを言ってごめんなさい（笑）。

（「週刊朝日」2018年1月19日号／香取慎吾さんと新春特別対談／92歳）

▼68歳の池上彰さんに92歳の私が逆インタビューしちゃいました（笑）

でも、みんな、やっぱり池上さんには、（本を）書くより（テレビに）出ていただいたほうがいいんですよ。だって読むのは大変だけど、見るのはラクですからね。それも一つの〝功徳《くどく》〟です。

池上さんの場合は、喋《しゃべ》っていただいたほうが世のためになります。ハッキリ言います。本を書いても誰も読みません（池上さんがまさかのタジタジに）。

いかに（池上さんの）お話が面白いか！　新しい発見でしょ、才能の。そっちのほうが一般の人には有難いんですよ。ごはん食べながら本は読めないけれど、ごはん食べながら池上さん（の話）を見られるんですもの。勉強できる。本当に私の知らないこと、いっぱい教えて頂きました。

（「BSフジ」2018年3月18日／池上彰さんとの対談／人生100年時代　人はどう生き、どう死ぬべきか／92歳）

▼死ぬまで元気でいたいだけなの。ずっと元気で、コトッと死にたい。贅沢ですかね

安楽死については、前まえから言っているんですよ。死ぬのはまったく怖くないけれど、どう死ぬのかが怖くってねえ。

世界一周の船旅の最中、バケツに半分くらい下血《げけつ》しちゃって。最寄りの国の病院でひたすら輸血。もうやめてと言っても、言葉が通じないからか、聞いてくれないんですよ。結局、日本からお医者様が来てくださって、飛行機で搬送されました。麻酔を

打たれて気づいたら日本の病院のベッドの上（笑）。

まいりましたよ。でもね、飛行機で麻酔をされた後は、痛みもなくなり、記憶もまったくない。それがよくってね。あんなふうにすーっとそのまま死ねたらいいなあ。日本の病院で調べたら、下血の原因はご馳走を食べ過ぎたために吐いてヘルニアが破れたこと。つまりケガですね。だから治療したら治っちゃった。

私は不整脈で毎月毎月、検査されてるの。安楽死したいのにどうして毎月検査するのかって、みんなに笑われながら（笑）。今もほら、ニトロを持ち歩いていて。十年間持っているんです。いざというときに飲めるように。苦しいのは嫌だから。

心臓がパッと止まってくれればいいんだけどね。苦しい思いをするのが怖いんです。

何より、最後に長く寝ついて人の手を煩わせるのがイヤでね。オムツを替えてもらうとか。とにかく迷惑をかけずにすませたいなあ。これまで充分書いてきたし、心配する人もいないから、思い残すことはない。今、安楽死させてくれるって言われたら、「ありがとうございます」です（笑）。

今、すぐに、死にたいわけではないんです。ただ、死ぬときに痛いのが怖くって。

だから死ぬときは安楽死で。死ぬ日まで元気でいたいというだけなの。ずっと元気でいて、コトッと死にたい。贅沢ですかね。

（「婦人公論」2019年8月27日号／佐藤愛子さんとの対談／95歳&94歳が語り合う・前篇／94歳）

▼佐藤愛子さんと私は、ある意味、全く反対のタイプかも

佐藤さんは、お友達がいっぱいいらっしゃるんでしょう。私はそんな友達は、もともといませんね。

でも全然、寂しくないです。ずっと狭い仕事上の人間関係の中で気を遣ってきたから。友達がいないのが、爽やかでよかった。今は仕事は減らしていて、年に一度、世界一周旅行のお船に乗るんですが、船の上ではひとりでいても友達ができるんです。面白いですよ、無責任な付き合いですから。気心が知れていないから、面白いんです。知れていたら、気を遣わなくちゃならない。

お炊事は今は、私はまったくやらない。主人がいた間はちゃんと三食作りましたけど、ひとりになった今はもう絶対にイヤですね。調理師の免許を持っているお手伝いさんにお任せ。何にも言いません。

今は年に一作書くだけなんですが、お手伝いさんだけは人件費を惜しまず、五人に交代で来てもらっています。午前中に事務の仕事、掃除や食事の仕度などをわっとやってもらい、昼前にはわっと帰ってもらい、午後からはひとりきり。

宅配便はお手伝いさんがいる午前中を指定してもらい、午後は電話が鳴ってもほとんど出ないの。私なんて、たまに出ても、変な人からだったら、（声色を変えて）「すいません、ただ今留守にしています」ですよ（笑）。

それにしても、本当によく生きてきたと思いますよ。戦争の中を生きて、モノのないときを生きて、売れないときを生きて。それでも歳には勝てませんね。

でも、仕事の関係者からお誕生日祝いをいっぱいもらったりすると、「やっぱり、書かなきゃだめかな」って。それで年に一本は書くことに決めたんです。

仕事になるとシャンとしますもんね、楽しみだから。私は締め切りがない人生を長いこと待ちわびてましたけど、やっぱり締め切りとの縁は切れませんね。でも、それが元気のもとだと言われると、そうかもしれない。

（「婦人公論」2019年9月10日号／佐藤愛子さんとの対談／95歳と94歳が語り合う・後篇／94歳）

▼私、顔で売ってませんから。まだ才能で売ってますから（笑）

「マリコ対談」1千回にお呼びいただき光栄です。私では力不足でございますが、〝生《なま》マリコ〟に会えるので熱海から出てまいりました。

94歳になりまして、規則正しく怠けてます（笑）。締め切りに追われないで、一日ボ〜ッとしてるのが長い長いあいだの夢だったんです。ひとりぼっちが好きで、いつもひとりでいるんです。

午前中は当番制でお手伝いさんがいるからにぎやかですけど、午後はひとりになりたいから、なるべく早く帰ってもらいます。午後はピンポンが鳴ろうと出ないし。たまに電話には出ますけどね。お客さんがいらっしゃるときは、残業代を払ってお手伝いさんに残ってもらっています。

（林真理子さんに「とても94歳には見えない。顔にシワないですよ」と言われて）

あなた目が悪いんじゃない？（笑）ほんとにシワだらけなんです。でも、顔で売ってませんから。まだ才能で売ってますから、私（笑）。

（「週刊朝日」2020年2月14日号／マリコのゲストコレクション1000／94歳）

▼たとえNHKでも、作品をテレビ局に買い取られるのはイヤ

私は作品をテレビ局に買い取られるのがイヤなんです。NHKでもどこでも、絶対売らないです。「買い取られてたまるか」みたいな。そんな姿勢を続けていたら、今、再放送されると原稿料の半額が入ってくるんですよ。

再放送料が入るようになって、今や橋田文化財団は私よりずっとお金持ちです

（笑）。でも、NHKは安いですよ。

それから、作品とテレビ局との契約もしないんです。契約したらだいぶ金額が高くなるんですけど、途中で降りられないじゃないですか。私は降りる自由が欲しいから、絶対契約はしないんです。


（「週刊朝日」2020年2月14日号／マリコのゲストコレクション1000／94歳）

▼私、友達は作らないんです。ほんとに欲しくないんです

石井（ふく子）さんは、仕事のお友達ですね。私、友達は作らないんです。電話も、向こうからかかってくるのは受けますけど、こっちから電話かけたことないです。もう誰とも付き合いたくない。面倒くさい。

お友達って何ですか？　拝見すると、（林）真理子さんはお友達と一緒にどこかに行ったりなさってますけど、私はベタッとしたのがイヤなんですよね。お友達がいな

いというのは、すごくさわやかです。

「それは負け惜しみよ。あなたは友達をつくれる人じゃない。意地が悪いから」ってよく言われますけど、でも、ほんとに欲しくないいんです。

私はひとりっ子だったから、可哀相に思って母がうちに友達を呼ぶんです。お菓子やノートや鉛筆を母がくれるから、みんな寄ってくるんですけど、そうやって母が私を抱え込むのがイヤで、18歳で家を出ちゃって、それからずっとひとりで暮らしてきました。誰からもお金をもらわないで、自分で稼いで、日本女子大学校（現日本女子大学）へも自分のお金で行きましたし、そのあと早稲田大学も行きました。

（「週刊朝日」2020年2月14日号／マリコのゲストコレクション1000／94歳）

上）第1回橋田賞授賞式。大賞・東芝日曜劇場、橋田賞・内館牧子他、特別賞・杉村春子の各氏。1993年5月10日、68歳

下）第16回橋田賞は、橋田賞に水谷豊・草笛光子・君塚良一他、特別賞に同じ「松竹」出身の山田太一の各氏。2008年、83歳

第4章

石井ふく子さんとは、もう双子みたいな感覚です

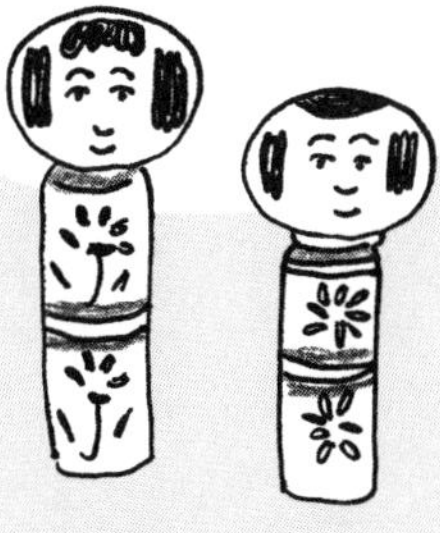

▼子供がいない、家族がいない。そんな二人がホームドラマを作ってます

石井ふく子さんと出会って三十六年。『渡る世間は鬼ばかり』以前にも色々な作品を一緒にやらせていただいて、テレビの時代を同じように生きてきました。それだけに考えることも似ているし、今では旦那も子供もいない境遇や環境まで似ていて、そんな二人がホームドラマを作っている。

よく二人で話すのですが、子供がいたら子供に溺れてしまっていたかもしれない。親子関係を批判したり、家族を厳しい目で書けるっていうのは、自分にないからかも。私達には家族がいない強みがあって、それに対しての意見が合ってしまうんです。

お互い天涯孤独同士で、誰に気兼ねすることなく、どんなことを書いたっていいっていう自由な発想と、また同時に家族への憧れがあるんです。

(『渡る世間は…橋田壽賀子・石井ふく子対談エッセイ』TBS/2001年1月/75歳)

▼運命だったのかも。こんなに長く仕事ができる人との出会いは

ここまで、石井さんと一緒にやってこられたのも、お互いにつかず離れずっていうお付き合いがよかったんでしょう。でも実は、私はそう思ってなくて、かなりべったりなんですけど……(笑)。

石井さんがスタンスを保っていらっしゃるところがあるから、それがよかった。石井さんも平岩弓枝さんとのコンビが長かったし、私もNHKで朝ドラや大河の一年連続をやったりしてましたから、ずいぶん仕事をしない時期もありました。それでも、時々、東芝日曜劇場や記念番組で書かせていただいたりして、会わないってことはあまりなかった気がしますね。

実は、他局の番組の台本を「これで大丈夫?」って読んでもらったりして、「大丈夫」って言われると安心する。疎《うと》わずに読んでくださる。

今だから話しますが、私はふく子さんの勘を信じているから、ついつい相談してしまうんですよね。

同じような感覚を持っていたことも、お互い続いてきた理由かもしれませんね。もちろん、すべて一緒ではないけど、石井さんの一言で「そうか……」って気づかせてもらえたり、認めてもらえたりと、それが良い方向に行ったというのはありますよ。

あえて違うところを考えても、テーマの取り方とか、石井さんがこういうのをやりたいっていうのは大抵私もわかるし、私のこともわかってもらえる。年代も一緒だし、同じ波長みたいなものを持っていたのかもしれませんね。

色々な人と仕事をして、一番長く仕事が出来る人に出会えたということは、それこそ運命的なものだったのか、そうされてしまったのかはわからないけど（笑）、いつの間にか、石井ふく子さん的な物の考え方が出来るようになっちゃった。

もしかしたら、知らないうちに、そういうふうに教育されてしまったのかも（笑）。

（『渡る世間は…橋田壽賀子・石井ふく子対談エッセイ』ＴＢＳ／２００１年１月／75歳）

▼石井ふく子さんがいないと、私、ひとりでは生きられない！

少し前、石井さんが「死んだ」って誤報が私のところまで入ってきて、もうビックリしちゃって。私のほうには、スポーツ紙の記者からの電話やインタビュー取材が来るし。「おかしいな、夕べ話をしたばかりだし、でも、毎日電話をくれるふく子さんから今日は電話がないし。もしかしたら途中で事故に遭ったのか」なんて。

マスコミの記者も「心臓がお悪いそうですね」なんて聞くのよ。だから私、「弱くありません。あんな心臓の強い人はいません！」って言ったんだけど（笑）。

でも「死んだ」なんて聞かされたときは、ハタと考えちゃった。私たちよくケンカするし、私もよく口答えをしていたから、あのとき、口答えなんかしなければよかったとか、仕事はどうなるの？　って、いろんなことが頭を巡ってもう真っ白。

これから先ひとりでは生きられない！　そんなことを思ったらパニックですよ。あア、こんなに大事な人だったんだなって。それまでは、大して大事だとは思わなかったんですけど（笑）。

一時間半ぐらいの間に色々なことを考えて、どんなに石井さんにおぶさっていたかわかりました。今まで何でもなく付き合って来て、何でも頼むのが当たり前、やっていただくのが当たり前と思っていたし、私は大事にしてもらっていたけど、私はあまり大事にしていなかったなって。

気がつくと、石井さんは親友というよりは肉親に近い感覚、なんだか双子みたいな感覚になっちゃったなって（笑）。

（『渡る世間は…橋田壽賀子・石井ふく子対談エッセイ』TBS／2001年1月／75歳）

▼橋田ファミリーと言われるのは嫌い。石井ファミリーですよ

よく橋田ファミリーなんてこと言われますけど、そんなのは絶対ないですよ。橋田

ファミリーじゃなくて、どちらかというと石井さんのファミリー。昨日もラサール石井さんと他局のクイズ番組で御一緒だったんですが、「今に私も橋田ファミリーに入りまして〝幸楽《こうらく》〟で鍋を洗います！」とか言っちゃうから困っちゃう（笑）。

橋田ファミリーと言われるのは嫌い。『鬼』ファミリーじゃないんですかね（笑）。私はあまりファミリーの中に入らない。本を書くだけで、本を渡したら収録には絶対に顔を出さないし、本当にプライベートでのお付き合いも少ないです。そりゃあ、たまに自宅に御招待しますけど、そんなに親しくはさせてもらってませんね。とにかく、私はスタジオに行くのはイヤな人なんですから……。

（『渡る世間は…橋田壽賀子・石井ふく子対談エッセイ』TBS／2001年1月／75歳）

▼理想の家族は知っている人同士が暮らす第三家族

家族の理想は助け合うこと。お互いに精神的に自立して、自分を守りながら生きていく。私は基本的に第三家族っていうのが好きなんですよ。

私にとっての第三家族は石井さんですから。第三家族っていう考え方は絶対に良いと思うんですよ。家族にとらわれないで、知っている人同士が暮らす。友達同士で暮らすとか。でも、まったく知らない人、隣や近所と助け合って生きるっていうのも第三家族ですよね。これからは第三家族を持たないと、家族だけではいろんな意味から重くなってしまう。そういうのを踏まえたドラマが出来たらなって思いますね。

（『渡る世間は…橋田壽賀子・石井ふく子対談エッセイ』TBS／2001年1月／75歳）

▼仕事に嫌気がさしていたとき、電撃結婚の仲人をしてもらう

最初の頃は、日曜劇場にちょこちょこ書かせてもらっていましたけど、月に一本書いたぐらいじゃ食べてはいけない。他にも昼帯《ひるおび》のドラマも書いていて、その昼帯のプロデューサーと合わなくて参っちゃった。そのとき、食べさせてくれる人がいたらシナリオをやめてもいいな……こんな商売もうイヤだと思っていたんですよ。

そしたらTBSの局内に、たまたま良い人がいて（笑）。石井さんに話したら、仲人になってくれたんです。石井さんがそのときのことをこんなふうに話してました。

めずらしく橋田さんの本が間に合わないことがあった。いつも橋田さんは本を上げるのが早い。どうしたのかなって思って電話をしたら、いきなり「本が書けない」。そんなことは本当に珍しいことだったから「何があったの？」って聞いたら、「好きな人ができた」って言うでしょ。「誰？」って尋ねたら、うちの会社の人だったからビックリしましたよ（笑）。

それじゃあっていうんで、私が直接彼に聞いてみたのよね。「アナタ、今、恋人いる？　結婚したいと思う人いない？」って。

彼が「いない」って答えるから、「あなたのこと、すごくいいっていう女性がいるんだけど、会ってみない？」。「誰？」って聞かれたから「橋田さんなんだけど……」って言ったら、「会わなくたって知ってるよ！」だって（笑）。

（『渡る世間は…橋田壽賀子・石井ふく子対談エッセイ』TBS／2001年1月／75歳）

▼夫は石井さんの男性版みたいな人。ふく子さんのほうがクールだけど

彼は企画部にいたんです。昼帯をやっているときに私も会ってたし、ドラマ『ただいま11人』の企画会議のときにも難しい企画書を持ち出してきて。最初の印象はあんな難しい企画書を書いてアホかとも思いましたけど……(笑)。

その後、ふく子さんから電話があって「もう大人同士なんだから、電話でもして連絡取り合ったら」って。「ただし、この本を三日以内に書いてこなかったら、私がぶっ壊してやる」とも言った(笑)。必死で書きましたよ。それが池内淳子さんの主演で撮った『牛乳とブランデー』。ふく子さんのお陰なんですけど、本当に結婚するなんて思ってなかったですよ。

結婚してからは根性が座りました。月給がある(笑)。何たって仕事でケンカできるから有り難かったですよ。本当にあっという間に結婚、まさに瓢簞《ひょうたん》からコマ。

熱海のニューフジヤホテルで。NHK大河ドラマ『春日局』の執筆とご主人の闘病が重なり、一番つらかった頃。1989年6月、64歳
写真:石井ふく子さん提供

5月10日がTBSの創立記念日で私の誕生日ということで、「ボクが青春を懸けてきたTBSの創立記念日と誕生日でいいじゃないか！」って言われて突然結婚しちゃった。

意外な組み合わせに周りはみんなビックリ。式は挙げず、ニューオータニの一番上の階で三人で食事をして、ふく子さんが立会人になってくれたんです。

彼はなかなか素敵な人でしたよ、アホでしたけど（笑）。テレビが大好きで。そのテレビが大好きっていうのが私にはすごく魅力だった。

お金じゃなくて仕事一筋。今考えると、ふく子さんの男版みたいな人。ふく子さんのほうがもっとクールですけど（笑）。

（『渡る世間は…橋田壽賀子・石井ふく子対談エッセイ』TBS／2001年1月／75歳）

▼私は勝ち負けが好き。石井さんは勝ち負けが嫌い

学校のことで言うと、私はお勉強好きでしたよ。試験好きだったもの。点数が出る

っていうのが好きで、石井さんとはまったく逆。私は勝ち負けが大好き、昔から競争心が強かったのね。（笑）。

私ね、長く付き合ってくると、ふく子さんが何が好きか、どんなセリフが嫌いかっていうのがわかってくるんです。「勝った、負けた」をセリフで書くと怒る。野球も嫌い、オリンピックも大嫌いなんでしょ（笑）。

「勝った！」という表現は好きじゃないの。勝ったときに負けてるかもしれない。勝負できないのが人生だと思っているから、といつもおっしゃってますものね。

（『渡る世間は…橋田壽賀子・石井ふく子対談エッセイ』TBS／2001年1月／75歳）

▼いくら親しくなっても、「あなた、何回、恋愛した？」なんて聞けません（笑）

これまで仕事の上でずいぶんケンカもしましたけど、ケンカすると、おたがいのことがよくわかるんですよ。ただ、私はケンカのつもりでも、石井さんは冷静に受けてくださるから、ケンカと思っていないかも（笑）。心の大きい方だから。

そういえば、昔、石井さんが私の家から、ある有名脚本家（平岩弓枝さん）に電話をしたことがあったんです。それがとても丁寧にお話しになるので「私のときと違う」と腹が立って。すると、「あなたは怒って育つ人、あちらはほめて育つ人」とおっしゃって、ああ、なるほどと。

ところが、あるときから怒られなくなって、私もおしまいだなと思ったら、「いや、あなたはもう怒らなくてもすむようになった」と。やっと認めてもらえたと思ったら涙が出ました。

はじめっから遠慮のない関係ではありませんでしたけど。やっぱり、年月はいりますね。

それから、いくら親しくなっても本人が話題に出さないことは尋ねない。

「ふく子さん、あなた、何回、恋愛した？」なんて聞けません（笑）。


（「掲載誌不明」２００２年７月号／「気持ちのいい人づきあい」のコツ／77歳）

▼この年齢になったら、外では弱々しくしたほうがいいわよ

石井ふく子さんは、今、私よりひとつ歳下の91歳。

もともと、まったく性格の違う私たちは、老いとの向き合い方も全然違います。石井さんは、どこでも自力でお歩きになる。スピードはかなりゆっくり。杖でもついたらいいのにと思いますが、そうしないのが石井さんのポリシーなのでしょう。

私も普段は自力で歩いていますが、遠出をするときは迷わずシルバーカーを携《たずさ》える。二台持っていて、普段使いのものと、ちょっと洒落たのとがあります。シルバーカーを使うと、テレビ局の廊下でも不思議にスムーズに歩けますし、なんといっても熱海駅や東京駅の人混みで、皆さんよけてくださるのがいい。

まるで、そこのけ、そこのけ、ババアが通ります（笑）。

東京駅の構内なんて、カートを引いている人や、急いでいる人がいっぱいで、危険

地帯。もしぶつかられたら確実にケガですよ。骨を折って寝たきりにでもなったら大変。そんなときシルバーカーがあると、「よけてもらえる」「自分のペースで歩ける」の一石二鳥です。外に出たら、年寄りはちょっとくらい弱々しくしたほうがトク。皆さんに親切にしてもらえますからね。

石井さんに、「あなたはよく92歳とか自分の年齢を言うけど、よしなさい」と言われたことがあります。私は、「92歳も、足が動かないのも売りものにするわよ。何を今さら見栄を張る必要があるの」と言い返します。若ぶってどうするの。

年寄りは、「もう歩けません。だから、シルバーカー押しています」くらいにおとなしくしているほうが優しくしてもらえるんですよ。石井さんと私の違いは、プライドを優先するか、実《じつ》を取るか、その違いなんでしょうね。

(『恨みっこなしの老後』新潮社/2018年2月/92歳)

▼二人合わせて183歳がステーキ屋さんに出かけたら

この間、石井ふく子さんが熱海のわが家にいらっしゃいました。若い人でも連れてくればいいのに、たったひとりで山の中まで来てくださった。海が広がる、見晴らしの良いリビングのテーブルで、90歳過ぎた二人が話し込んでいると、だんだん日が暮れてあたりが暗くなってきて、まるで私たちの人生みたい。でも、石井さんはご自分の新しい仕事の話に夢中。景色なんて見ていない。私は、「この話、この間も聞いたけどなあ」とか思いながら、黙って聞いていました。石井さんは年を取ったからって、全然暗い気持ちになったりしない。そのバイタリティはすごい。皆さん、年寄りを十把一絡《じゅっぱひとから》げにしがちですが、同じ90代でもいろいろ。ひとしきり話したあと、夕ご飯は駅前のステーキ屋「はまだ」さんへ。亡くなった夫も好きだったなじみの店です。タクシーで到着すると、91歳の石井さんと92歳の私、「合わせて183歳」がお供も連れずに来たと、お店の人たちが上を下への大騒ぎ。ご主人に「90代なんてめったに来ない」なんて言われて、大きなお世話。

私だって、92歳まで生きるとは思いもしませんでした。

（『恨みっこなしの老後』新潮社／2018年2月／92歳）

上）受け取った原稿はすぐ、その場で拝見するが石井さんの仕事のやり方。プロ同士、毎回真剣勝負の緊張する時間です
下）この日は『渡鬼』に出演中の山岡さん、長山さん、『つくし誰の子』の主役・遊を演じた池内淳子さんも来宅。1991年4月、65歳

第5章

結婚したことで、ずいぶんトクしました

▼結婚第一日目の夜に作った料理に亭主は箸をつけず

たまたま結婚できたときは、これからは、亭主のためにうんと料理の腕をふるおうと張り切った。結婚第一日目の夜は、私の得意中の得意である酢豚と、グリーン・サラダをメニューにした。ところが、亭主は憮然《ぶぜん》とした表情で、箸をつけようとせず、前日、彼の実家へ結婚の挨拶に行ったとき、亭主の母から土産にもらった鰯《いわし》の干物を焼いてくれと言う。それは姑が手作りで干したもので、結婚第一日目から、私のこしらえたものには見向きもせず、おふくろさんの干物が食べたいとはがっくりきた。

彼は、ゴタゴタと煮たものは嫌いで、何でも素朴でシンプルにそのものの本来の味が生きているものがいいのだと言う。つまり魚なら焼くか煮るか、肉なら醬油味のビフテキが一番だと。しかもウサギや小鳥じゃあるまいし、生野菜なんぞ食えるかという男である。おさき真っ暗になってしまった。

(『自分らしさの知恵』祥伝社/1982年11月/57歳)

▼結婚したとき、経済的にあまり豊かでなかったのがよかった

うちの亭主、36歳まで独身でいた人で、私、この人に色々なことしてあげたいと思いました。おいしいものを食べさせてあげたかったし、家庭というもののよさも教えてあげたかった。私の好きなネクタイを贈ってあげたいとも。

まだその頃は、二人とも経済的にあまり豊かでなかった。でもそこが、私にはよかった。お互いに丸裸の状態でスタートして、二人でコツコツためていくというところに夫婦って実感があったんです。

確かに、亭主に何かしてもらいたいときってありますよ。そういうときはもう女のテクニックです。とにかく、女がかしこくなければ、ね。

（「じぶん再発見」1983年11月号／与えあって暮らせば、いちばん幸せなのよ／58歳）

5月10日、自身の誕生日で夫・岩崎嘉一氏の勤務先TBSの創立記念日に電撃結婚。周囲はビックリ仰天！　「月給は全部」渡してもらう代わりに「夫の前で原稿用紙を広げない」約束の結婚生活が始まる。6月に新婚旅行、新妻らしいワンピースで。1966年、41歳

▼わが関白亭主、ビン詰亭主になる

ＮＨＫの大河ドラマ『おんな太閤記』（１９８１年）の依頼をうけたとき、真っ先に相談したのが、わが亭主であった。結婚したとき、家事はおろそかにしない代わりに給料は袋ごと渡してもらう約束があったからである。

一年間、毎週一回の連続ものの原稿を書くことは、大変な重労働であり、まして初めての大河、時代劇で忠実に残っていない「ねね」を中心に女性の側から歴史をみるという新しい視点にたっての作業は、難行が予測された。

当然、家事に影響しないはずはない。放送局の制作現場に勤めている彼は、この仕事が、いかに大変なものか説明しないでもわかっている。しばらく考えていたが「年とったらできない。ぼくが〃我慢〃すればいいことだ」と言ってくれた。

このひと言で、すんなりお受けする気になった。

書きはじめてみると、史実と創作とのかねあいや、からませ方がむずかしく、彼が出勤している昼間はもちろん、夜も彼がねむってから書きはじめるので、朝の4時頃までやっていることが多くなった。

当然、朝食の仕度は、してあげられない。そこで、朝ねる前に、味噌汁を作り、電気釜でご飯だけは炊いておく。

亭主は、朝起きると音を立てないように味噌汁をわかし、干物を焼き、好物のビン詰類や漬物などで、新聞を読みながら無言の朝食をとる。

人の動く気配を感じるが、起き上がる気力がない。彼は〝我慢〟してくれているのだ。その言葉に甘えてはいけない。夫婦なのだから、彼を孤独にしてはいけない。

〝我慢〟して起き上がり、朦朧《もうろう》とした目で彼の食事をみている。「もっとねてろよ」と言ってくれるが、私は、役立たず女房でも毎朝いったん起きあがる。

〝我慢〟して、関白亭主からビン詰亭主になった彼は、その後も給料は、約束通り全額入れてくれている。


（掲載誌不明）

▼亭主って、自分は何もしないくせに、女房の〝粗〟を探すの（笑）

私は、「嫁しては夫に従え」という言葉が常識だった時代の、古風な考えの人間です。今の人は、夫婦は対等という考え方でしょう。私は、絶対に対等とは思っていません。私の母や周囲の女性たちを見て育ちましたので、自然に体得した部分が大きいと思います。彼女たちは、男の人はきちんと立てるものだと信じ、それを守っていました。

あの頃はどこの家庭でもそうでしたが、母もまた、父が帰宅すると立てていました。家族一緒にご飯を食べていても、父のお膳は別でしたし、料理の内容も違う。子供はそれを見て、父は偉い人だ、家族を養うために働いてくれている人なのだということを、肌で知るわけです。

男って、まず自尊心が強いでしょ。それでいて奉《たてまつ》られることが好き。そのくせ甘えでもこれは、あくまでも私見ですから、男性の皆さまは気を悪くなさらずに（笑）。

男ってそういうものと思って結婚しましたから、主人に対しても許す部分がたくさんありました。要求したらきりがないですもの。

主人には何かというとよく怒られましたが、他の男の人とは違う、やはり私の選んだ人だと、非常に尊敬したことがありました。それは結婚して間もない頃のことです。「あなた、女房なんだから、亭主の上役にはすることをちゃんとしなくちゃ」とアドバイスしてくださる方がいて、主人の関係の人達にお歳暮を贈ったのです。

そうしたら「そんなこと、俺はいままでしたことがないんだ。部下には贈っても、絶対、上には贈らないいんだ」と。「自分より偉い人に、絶対にごまをすってはいけない」と、厳しく怒られました。

そのときに初めて、ああ、この人はそういう生き方をする人なんだな、ということが理解できたのです。

（「毎日が発見」２０００年10月号／75歳）

▼じゃがいも男が好き。愛嬌のある男が好きですね

私の書く男は、みんなマザコン男。亭主がそうでしたから(笑)。どうしてもヒーローは書けないんですよ。西田敏行さんが演った『おんな太閤記』の秀吉を書いても、ズッコケていて、マザコンでダメ男なんですよ。絶対に颯爽と書けない。そして女はあくまでも強いんですよ。でもそういうダメな男でマザコン男が好きなのよ。

ダメ男っていいじゃないですか。可愛くて大好き。私は何でも自分で決めて引っ張って行くような男は嫌いだから、どうしてもそうなっちゃうんですよ。これも資質ですよね。私が会ったイイ男っていうのは全部ダメでしたね。女に弱かったり、ズルかったり、ブ男のほうが何となく愛嬌がありますよね。

だから、じゃがいも男が好きなのよ。前田吟ちゃんとか、藤岡琢也さんとか、西田敏行さんとか……角野卓造さん。イケメンってリアリティがないから嫌いなんです。

私が男性に求めるものは愛嬌ですね。今まで私のドラマでの主人公を見ても、いわ

ゆる二枚目はいないんです。『おしん』のときだって、颯爽としたイイ男は出ないでしょ。渡瀬恒彦さんに憧れていたけど、あの方も愛嬌のあるほうでいわゆる正統派の二枚目っていうタイプでないし、そんな中でも渡哲也さんは愛嬌がありますよね。それに男の色気もある。

男の色気っていうのは、温かさと機知に富んでいるっていうところかしら……。頭の良さですよね。愛嬌のある人っていうのは、頭がいいですよ。愛嬌がないのは頭が悪いから、威張りくさりたいのよ。俺はこれをやった、あれをやったって、威張りくさりたい男はイヤ。いつも、大丈夫かな……って思わせて、時々威張っては反省してみたり、そういう人を書いちゃうんですよ（笑）。

（『渡る世間は…橋田壽賀子・石井ふく子対談エッセイ』TBS／2001年1月／75歳）

▼「オレには関係ない」と冷たく言われて

夫がまだ現役だった頃の話です。

いつも帰宅が遅い人だったのですが、ある日、予定外に早く帰ってきて、驚かされたことがありました。私はまだ食卓のテーブルで、いつものように原稿用紙を広げて書いている最中でした。

戸惑いながら「明日、締め切りなのよ！」とつい口に出してしまってから、猛反省をしました。夫の返答が、「オレには、関係ない」のひと言だったのですから。

そうなのです。夫が家にいる間は仕事をしないというのが私たち夫婦の結婚の際の約束でしたから、これは約束違反以外のなにものでもない。

「しまった」と思い、口答えせず、早々に仕事の道具をしまい、食事の用意を始めたことを思い出します。

どうやら、夫にしたら、結婚当初の約束がだんだん守られなくなっていることへの警告だったのでしょう。

結婚は演技と計算で成り立っているところがあるんですよ。

（『夫婦の覚悟』だいわ文庫／２００９年６月／84歳）

▼「仕事とオレとどっちが大事だ？」とよくそう聞かれました

夫に始終浴びせられた言葉です。彼にしてみれば、結婚した頃の私は名が知られた脚本家ではなく、自分が食べさせてやっている平凡な女が、家事の合い間に脚本を書いているぐらいのイメージだったのです。

事実そうだったし、会社勤めと結婚して生活に不自由しなくなったからこそ、テレビ局のプロデューサーに強く自分の意見が言えるようになり、書きたいものが書けるように私は自信をつけていきました。いわば、結婚を契機にだんだん売れる脚本家になっていったのです。

「橋田はオレが育てた」

これも人によく語っていた言葉です。

「はい、はい、そうです、すべてあなたのおかげです。あなたがお嫁にもらってくれたからこそ、いまの私があるのです」

夫が生きていた頃、私は感謝の気持ちをお題目のように言い、感謝もしていました。言葉に出すのにお金はかかりません。ただで夫の機嫌がよくなり、言った私も気分がいい。なので感謝の言葉は必ず口に出すようにしていました。

そうは言っても、正直、おなかのなかでは、「自分の才能だわ〜」と思っているところも少しはありましたけど(笑)。でも、それを口にしたら我が家はおしまい。

いつも夫をたてるのが、習い性になっていました。夫の言うことがすべて正しい。お説拝聴しておかないと、大ゲンカになってしまいます。ケンカが嫌いなわけではなく、ケンカをしたあとは不愉快な気持ちが充満してしまい、気持ちがざわつくと、脚本が手につかなくなってしまうからです。

ですから、返事はなんでも「はい、はい」、決して逆らわず。

ずるいようですが、これは愛情からというよりは、あくまで自分にとって心地よい暮らしをしたいがためにほかなりません。

（『夫婦の覚悟』だいわ文庫／2009年6月／84歳）

▼「おかえりなさい」と「お疲れさま」

夫が帰宅したとき、あなたは「おかえりなさい」のあとに「お疲れさまでした」をつけ加えてますか。

男性にとっては、「お疲れさま」があるかないかで、疲れの取れ具合が全く違うんだそうです。笑い話のようですが、本当だそうです。

このことひとつをとっても、男というのは甘えん坊。妻に母親役を求めているわけです。

「疲れているのは僕だけ。きみも仕事はしているんだろうが、僕ほどには疲れていないはず。だって僕の仕事は家族を養うという大きな目的がある。日々肉体と神経を使い果たして、大変なんだ。きみの仕事とは比較にならないほど」

まあ、そういう論理なのでしょう。

(『夫婦の覚悟』だいわ文庫/2009年6月/84歳)

▼「壽賀子、お茶!」酔っぱらうとよくスタッフさんや俳優さんを連れてきました

酔っぱらうと、よく人を連れてきたんです。

私がまめまめしくお茶を出したり世話をするから、この間も大和田(獏)さんが、「お宅にうかがうと、ご主人がワンマンで、恐縮しっぱなしでした」って。「これは橋田壽賀子じゃないんだ。俺の女房なんだ!」って威張るんですから(笑)。

ケンカするのいやだったんですよ。仕事がなければケンカもできますけど、仕事があるとケンカしたら不愉快なんです。いつもご機嫌よくいてくれたら、こっちも楽しく仕事ができるし。だから絶対逆らわなかった。私、エゴイストなんです。けっこう楽しいですよ、亭主のご機嫌とるって。「こいつ、酔っぱらってきて機嫌悪いな。よし、機嫌よくしてやろう」と思うと、ドラマ書くぐらい楽しい。

(「週刊朝日」2009年5月22日号/マリコのゲストコレクション466/84歳)

▼夫の定年後は、夫婦の関係もリフォームしなきゃ

熟年離婚、多いですよね。みんなせっかく結婚を続けてきたのに、もったいない。家にたとえれば、古くなったからと言って取り壊して更地《さらち》にするようなもの。そう簡単に新しい家は建てられませんよ。古い家も、リフォームすれば見違えるように住みやすくなるように、夫婦も、上手にリフォームしていくことが大事。

どうしても気に入らないことがあれば、きちんと機会をつくって冷静に話し合うことですよ。男はとかく、家の中では言葉数が少なくなってしまう。女は男が無言だと、不安になってしまうんですよ。

ケンカはしたっていいんです。暴力はもってのほかですけど、おなかにたまっているものを吐き出すことも大事。でも、相手を完全に叩きのめしてしまってはダメ。夫婦はもとは他人ですから、性格や生活習慣に違いがあって当たり前。二人の違いは、どちらが正しい、どちらが間違っているというものじゃない。

夫婦ゲンカに正解なんてないんです。夫婦である限り、決着はつかないし、つけようとしちゃいけないんです。夫婦ゲンカで一番いけないのは、互いに言葉でとことん傷つけ合うこと。これは絶対にダメ。心の傷はなかなか消えませんからね。

（「週刊ポスト」2008年8月29日号／夫婦の格式を高める8つの処方箋／83歳）

▼「マザコン」を責めるより「妻コン」に育ててしまう

私は、社会ではともかく、夫婦の間では男女平等はありえないと思っています。だいたい、いつの時代も男は母性を求めるものなんですよ。男自身がいくら強がって否定しても、男は程度の差こそあれ、みんな基本的に死ぬまでマザコンなんです。母性を求める男をマザコン呼ばわりして、ことさらに批判する女もいるけど、そんな批判をしてもしようがない。男はそういう生き物なんです。ですから、封建的だなどと批判するよりも、女は、まずは男を「妻コン夫」に育ててしまうことです。

（「週刊ポスト」2008年8月29日号／夫婦の格式を高める8つの処方箋／83歳）

▼夫婦をつなぐのは〝愛〟よりも〝情〟

夫婦は愛で結びついているというのは錯覚だと思いますね。「愛」という感情はちょっと浮わついている。移ろいやすくて、虚しいものです。そんなものは本当に一瞬で終わってしまう。あとに続くのは「情」です。

「愛しているよ」という言葉ではなくて、「ご苦労さま」という言葉、これが「情」なんです。「今日も一日大変だったね。グチも聞いてやろうじゃないか」という温かい気持ち、これは愛じゃなくて情ですね。

女房のグチも、ある程度は聞いてあげなきゃ。家の中で一人ぼっちで家事をして、育児をして、夫の実家の家族との付き合いでストレスを抱えて、それを誰にも言えないですからね。亭主が聞いてくれたら、それですっきりするんです。

男も格好ばかりつけてないで、家の中でグチのひとつもこぼさないようではダメです。それでは、女は母性を発揮できないですから。こんな御時世だから、賃金も上がらないし、いつリストラされるかわからない。将来に希望が見出せないこともあるでしょう。「お前しか言える奴はいないんだから、ちょっと聞いてくれよ」って、ひと言あれば、グチを言ってもいいんです。

そのひと言が大事なのに、言えない男がどれだけ多いことか。グチを言うということは、その女に対して心を許し、裸になっているということです。グチをいう男は、その女を捨てません。女は本能的にそのことを知っていて、「あの人には、私しかいないんだ」という気持ちにさせられるんです。

（「週刊ポスト」2008年8月29日号／夫婦の格式を高める8つの処方箋／83歳）

▼「ありがとう」と「ごめんなさい」このひと言がお互いに大事

男性というのは、自分の気持ちを表現するのが本当に苦手。

ケンカをすると感情表現の上手な女性に言われっぱなしになり、何も言えなくなってムッツリ黙りこんでしまうか、あるいは開き直って威張るだけになってしまう。夫婦の間で大事なのは、お互い「ありがとう」と言い合える謙虚さと、なにかあっても「悪かった」「ごめんなさい」と謝れる素直さだと思います。

（『夫婦の覚悟』だいわ文庫／2009年6月／84歳）

▼財産は夫婦で築き上げた成果です

お金のことを言えば、主人が55歳で定年（当時）を迎えるまでは、自分の報酬も主人の給料もすべて私が管理していました。確定申告も60歳まで、自分でやっていました。領収証集めて経費出して税務署へ行って、相談してね。税理士さんに頼むとお金がかかるでしょ。女はケチだから、手間がかかってもやれることは自分でやるんです。

でも、みっともないことだけはしたくなかった。主人が現役のころ、彼に口酸《くちす》っぱく言っていたことがあるんです。それは会社のお金で飲んだり、会社が手配したハイヤーに乗ったりしないでということ。

よくいますでしょ。打ち合わせと称して会社の経費で飲み歩く人。ひどいのになると、友達と飲んでも会社の経費で落とす。みっともないこと、この上ない。だから私は、主人には月給以上のおこづかいを渡していました。「会社の経費で飲むようなケチなマネだけはしないでください。あなたには、男になってほしいの。私、そのために稼いでいるんだから」と言ったこともあります。

主人が定年を迎えて以降、私の報酬や預貯金はすべて彼に渡して、お金の管理は全部、主人に任せるようにしました。

なぜそうしたのかって？　それは、彼に対する恩返しの気持ちからです。結婚当初は彼の給料で食べさせてもらっていたし、彼の給料があったから私は思いきり仕事ができた。だから、これからは彼にすべて返そうと思ったのです。

その代わり私が使う分は、主人からもらう形になりました。でもこれが、なかなかくれない（笑）。「洋服、買いたいから、おこづかい下さい」と言うと、「あそこにある服、全部着たら、買ってやるよ」とかね。もう超シブチン。石井さんにお金を借りて買いました（笑）。

定年後四年ほど経った昭和63年の秋、主人に肺腺がんが発見されました。主人は当時59歳。がんは進行していて手術もできず、抗がん剤も効かない状態。主人には肋膜（胸膜炎）で通し、およそ一年後に亡くなりました。ただ、もしかしたら一生懸命ウソをついている私のことを思って、知らないふりをしていたのかもしれません。

亡くなって調べてみると、株がたくさん出てきました。売却してみたら、バブルのころでしたからかなりの額に。私の預貯金も合わせると、二億八千万円になりました。生前、主人はよく「おまえが死んだら、橋田賞を作る」と話していましてね。新人脚本家の発掘に役立てようと思っていたようです。

それで、彼の遺志を尊重して財団法人を作ることにしました。ところが、財団を発足させるには基金として最低三億円が必要。どうにも足りないのでＴＢＳから二千万円を借金することに。その際、条件として、一年ものの連続ドラマを書いてほしいと言われ、始まったのが『渡る世間は鬼ばかり』です。それが今も続いている。借金をしなかったら書くことのなかった作品ですから、これもやはり主人のお陰です。

（「ほんとうの時代」２００８年10月号／賢いお金とのつきあい方／83歳）

▼「そうか、最終回上がったかあ。よかったなあ」

夫が入院中、私は病院から熱海の家へ帰ると、一日も早く戻って付き添いたくて、ほとんど徹夜を続けて、大河ドラマ『春日局』の最終回を書き、9月5日の夜中に、「完」という字を書くことが出来た。

翌日、その原稿を持って東京の病院へいき、「上がったッ!」と夫に告げると、「そうか、上がったかあ。よかったなあ、おめでとう」

夫は、ベッドに横になったまま、少しやつれた顔に、なんとも言えない笑みを浮かべた。夫にも私にも、一生で一番辛く、きびしい仕事であった。お互いに思い出せばきりのないほど話したいことがあった。でも、それだけでおしまいであった。

私も、苦しかったことを口に出したりしたら、懸命に耐えてくれた彼に申し訳なくて、何も言えなかった。ただ、彼のそのときの、重い荷物をおろしてホッとしたような、そして、私をほめてくれているようなあたたかい笑顔を一生忘れないだろう。

最終回を書き上げることが出来たとしても、夫が生きているうちに間に合うとは思っていなかった。それが、夫のあの笑顔をみられて、夢のように嬉しかった。彼が息をひきとる二十日ほど前のことであった。

（『夫婦は一生懸命』カッパホームズ／1993年2月／67歳）

▼夫の死後は、他人が思うほど寂しくはないんです

夫ががんと分かってからの半年間は、地獄のようなつらさでした。大河ドラマ『春日局』の準備時期と重なり、涙を流しながら脚本を書く日々。夫が苦しまずに亡くなった時は、正直ほっとしました。（中略）

夫の死後は、仕事が生きていく支えになりました。年月がたった今、確かに好きだった人がいて、その人を思いながら一人で生きているという感覚は、なかなかいいものだと感じています。複雑ですが、他人が見るほど寂しくはないんです。

（「読売新聞」2003年7月8日／ひとり流　達人の教え／一部改変／78歳）

▼今思うと、結婚の醍醐味は「おさんどん」でした

私が二十余年の結婚生活を振り返って思うのは、結婚の醍醐味は、結局は「おさんどん」、つまりごはん作りだったなあ、ということです。

作った食事を、夫が黙ってもくもくと食べていたときのこと。気になって、つい「おいしい?」と聞いたことがあります。「黙って食べてりゃ、うまいんだよ! まずけりゃ、食べないから」と叱られました。「この年増をもらっていただいて」と、いつも夫に感謝していましたが、その感謝の気持ちを日常で伝えられる手段は、おさんどん。

脚本を書くこととの両立は大変でしたが、誰かのことを思ってごはんを作るというのは、まぎれもない楽しみでした。

(『恨みっこなしの老後』新潮社/2018年2月/92歳)

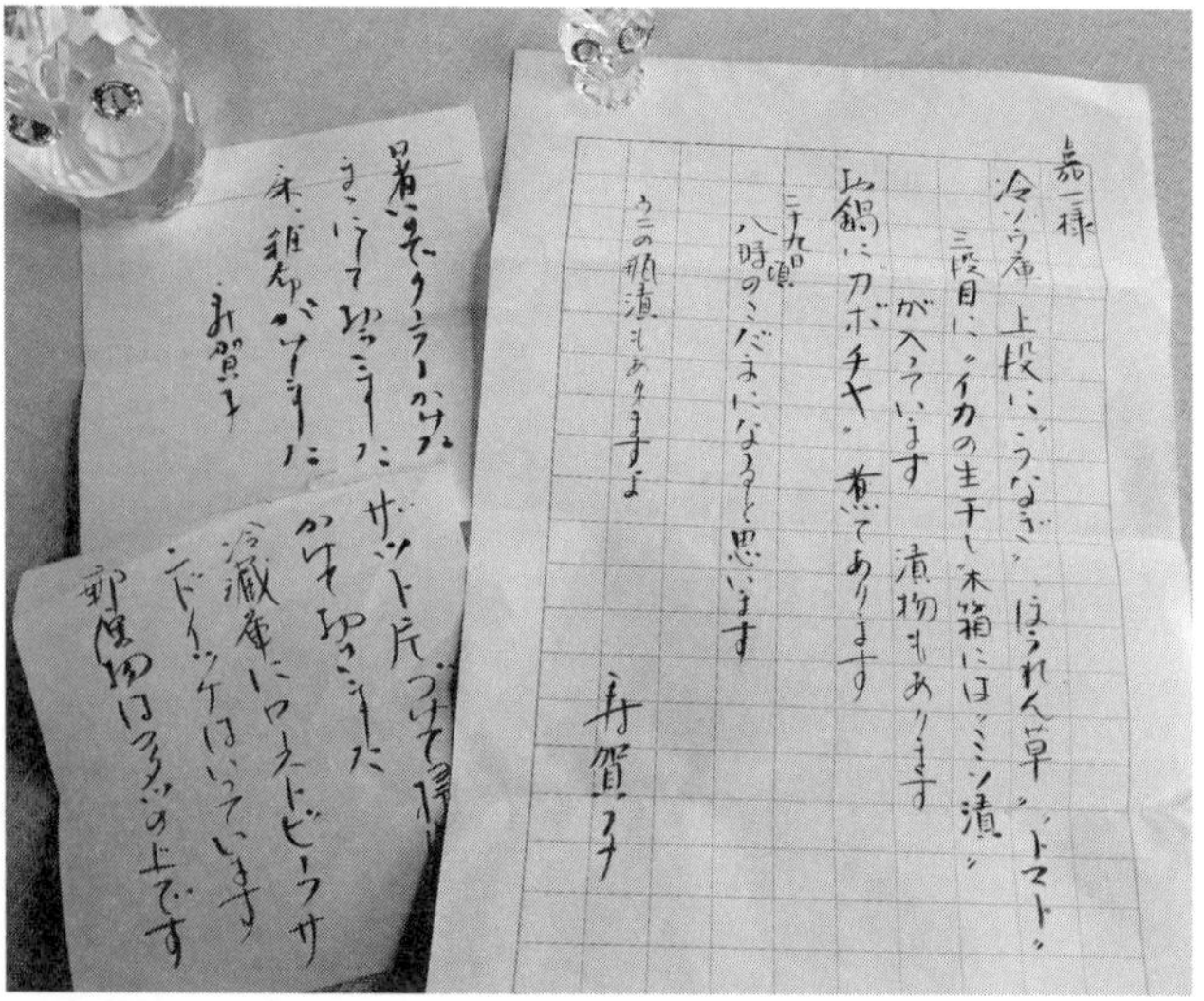

外出するときは、必ず手書きのメモを残すのが妻としての習慣だった。ご主人が亡くなって30年余、仏壇の抽斗の中に大切にしまってあった。
写真：YBO

第6章

自分で自分の年齢にびっくり

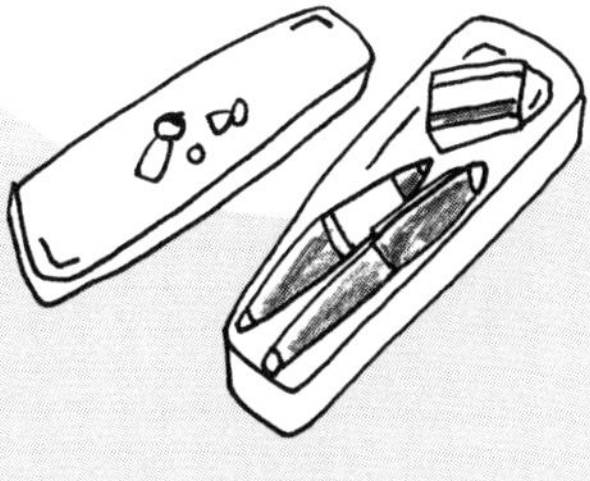

▼『おんなは度胸』を書き終えた後、網膜裂孔手術で大泣き！

そもそも私は視力0・01という強度の近視なんですけど、今年に入ってますます視力が落ち、朝ドラの『おんなは度胸』（1992年）の脚本も目をしょぼしょぼさせながら書き上げたの。眼底検査を受けたら網膜にアナがあく網膜裂孔《もうまくれっこう》と言われ、このままにしておくと網膜剝離《はくり》になり失明すると診断されて、それで覚悟をきめたんです。いざ手術となって麻酔の針を目のまわりに打つんですが、針がワッと近づいてきたら「いやだ、いやだ〜、やめるゥ、手術しないで帰る！」って、もう、なりふりかまわずに、わめき散らしちゃったの（笑）。

これまで一万五千人以上の人を手術したというお医者さまもあまりの大泣きにびっくりしてしまったみたいです。だって、怖かったんですよ、本当に。

大騒ぎしましたが、手術は、無事に成功して、裸眼で0・7ぐらいまで見えるようになり、メガネなしで原稿も書けるようになりました。でもメガネをかけないと〝橋田壽賀子〟じゃないみたいなので、度の弱いのをかけることにしたんです。

これで長年の心配、視力のことも大丈夫になったし、今は来年1月から始まる「渡る世間は鬼ばかり」パート2の原稿を書き始めたところです。


（「女性セブン」1992年10月8日／シリーズ提言 21世紀の女性学／67歳）

▼泳いでいるから、勢いのある脚本が書けるんだと思います

書く仕事ですから、運動はしなきゃいけないと思って、それまではずっとバドミントンをしてたんですよ。そしたらある日、踏ん張ったとたんに脚を痛めて、関節炎になってしまったんです。ひざに水がたまってしまったんですね。

医者から、絶対に体重をかけた運動はダメといわれて、水泳に切り換えたんですが、私、泳げないんですよ。それで、ビート板を持ってただ脚をバタバタやってたんです

が、どうにもつまらない。で、石井ふく子さんに相談したら、元オリンピック水泳選手の木原光知子さんを紹介してくださって、コーチを引き受けていただいたの。泳ぎたい一念で毎日一時間必死で練習し、一カ月でクロールをマスターしたんです。お風呂の中でフーハーやって(笑)、のぼせながら息つぎの練習をして。私はひざが悪いから、クロールとバッグで泳ぐように言われて。25メートル泳げたときは嬉しかったですね。

朝、泳がないと目が覚めないの。体に酸素が行き渡らないって感じ。水の中で筋肉をうーんと伸ばすと、頭の中にもいっぱい酸素が通ってきて活発に動き出すような気がするんです、だから泳がずにはいられない。それに、ダラダラして、今日はしんどいから休むなんていって泳がないと、絶対その日一日、仕事がはかどらないんですよ。もう絶対に水泳のおかげです。長いものが書けるというのは泳いでいるから。体力がないと、元気がないと、書けません。今日もちゃんと泳げたんだから、書けるはずだ、という妙な自信を与えてくれるんです。

泳いでいるから風邪もひかないし、胃も丈夫。食欲もある。ケンカのシーンなんか

「ギャルズニッポン」(1979年6月10日号)に掲載された記事。タイトルは〈週一回、プールで裸のお付き合い〉。水泳の先生・木原光知子さんと。54歳

ダラッとしてたら書けないですよ。NHKの朝ドラ『おんなは度胸』もやっぱり泳いで勢いをつけてバッと書きましたよ。

（「ラ・セーヌ」1994年1月号／69歳）

▼面白そうなものは試してみる。これが私の基本姿勢

ヨーグルトは若いころから苦手だったんですが、カスピ海ヨーグルトは食べてみると酸味も少なくおいしかったんです。今は毎日欠かさず食べています。何歳になっても人間って変われるものですね。自分で作るという過程も楽しい。面白そうなものは試してみる。これが、私の基本姿勢です。

新しい調理器具、洗剤、衣類の新素材など、面白そうなことは身の回りにもたくさんあります。ちょっとした好奇心を持ち続けることが、生きていく意欲につながるんだと思います。

（「読売新聞」2003年7月8日／ひとり流達人の教え／78歳）

▼元気でいられるのは好奇心のおかげ

昔は仕事一筋でしたが、今はそんなにカリカリしない。主人が亡くなってからは、世界中に行くようになりました。最初はアラスカに行って、船旅が病み付きになり、「飛鳥II」で三度、世界一周をしています。

今年7月には北極点に行きました。北極圏には何度も行っているんですが、おかげさまで初めて北緯90度まで到達。氷が3メートルぐらいあって、シロクマを四頭見ました。広い氷の上にぽつんといたシロクマは哲学的でした。南極半島も変化に富んでいて良かったのですが、北極は本当に何もなくて、感動しました。今は旅行という目的ができて、豊かな気持ちで仕事ができるんです。

私は小さな問題を積み重ねて行く家族や夫婦を書き、思いの丈を発表できる場を持っている。『渡鬼』（TBS系）は、9シリーズになりました。

83歳の今でも元気でいられるのは、好奇心のおかげだと思っています。「あそこへ行ってみたい」「あれを書いてみたい」「あれは何だろう」という好奇心が私を支えてくれている。体力面では、毎日800メートル泳いだ後、二十分ぐらい歩いたり、運動したりしています。仕事を引き受けた以上、「健康も原稿料のうち」なんですよ。原稿は一日十枚書くことをノルマにしています。

私の世代にしか書けないことに、「戦争と平和」があります。何かの視点で、もう一度大きな作品を書いて、死にたい。それだけが夢ですし、戦争で生き残った人間の務めだと思っています。

(「読売新聞」2008年9月22日/オンの才人オフの達人/一部改変/83歳)

▼米寿を超えても元気! お肉は毎日食べてます

私は刺し身も嫌いだし、やはり魚より肉が好きですね。鶏肉、豚肉、牛肉どれも好きですが、ひき肉のようにしてハンバーグなど料理してもらったり、焼き豚(チャーシュー)とすき焼きが大好きで、それ用の肉はいつも冷蔵庫に入れてあります。

二十年以上前にがんで亡くなった主人がステーキがとても好きで毎日食べていたので、私も肉食系になったのかもしれません。サラダに入れるハムなども合計すると毎日150グラム以上は肉を食べています。今は、基本的には一日二食です。

肉を食べるときは野菜も一緒に食べるようにしています。赤や黄色のピーマンやトマトのサラダやジャコを少しかけた大根おろしも消化にいいので、たくさん食べます。

朝はトレーニングに行く前に黒豆に梅干し三個だけしか口にしません。同じ姿勢で脚本を書くことが多いので、体が固まってしまう。午前中にジムでパーソナルトレーニングを週に三回。おなかの下に大きなボールを入れて柔軟運動やスクワット二十回、ストレッチ体操など一時間たっぷり体を動かします。

以前は自宅近くのプールで毎朝700メートルを背泳ぎしていましたが、そのプールがなくなったので、今は週に一度市民プールで1千メートル泳いでいます。筋肉をつけないと血液の循環が悪くなるそうで、運動は医者からも勧められています。

毎月一回、全身をチェックしていますが、問題のあるところはなし。担当医からは、「もう少し体重を減らしたほうが腰への負担も減りますよ」と言われますが、中性脂肪も悪玉コレステロール値も正常値。

昼はひき肉を使ったハンバーグ料理などに野菜。夜は午後八時頃に大好きなすき焼きとか肉料理が多い。食事は時間をかけて、よく噛むように心がけています。

最近は午後の十一時半から脚本を書き始めて午前三時ごろまで仕事をする悪い癖がついてしまいました。

前回ドラマ『渡る世間は鬼ばかり』はとても長く続いたので、一シリーズの脚本を書き終えると「飛鳥II」で世界一周の船旅を自分へのご褒美にしていましたが、私のまわりをみても元気な人は肉を食べています。

肉を食べると筋肉がつくそうです。私ももう88歳。老人になると転倒することが多いそうですが、幸い私は元気で、転んだことはありません。

（「週刊朝日」2013年9月6日号／米寿超えてもバリバリの女性たち／88歳）

▼「立つ鳥跡を濁さず」90歳目前〝終活〟を始めました

今年（2015年）の5月10日で90歳になりました。当日は第23回「橋田賞」の授賞式があって、みなさんからお祝いの言葉をたくさん頂戴しましたけれど、私としては「もう90歳か……まだやりたいことがあるのに情けない」という感じですね（笑）。

でも、これまでの私の人生を振り返ってみると、本当に恵まれていたと思います。日本がいちばんいい時代にテレビの仕事をさせていただいて、その時代その時代に、自分が書きたいと思ったものを存分に書かせていただきました。

最近「終活ノート」が話題になるなど〝終活〟への関心が高まっていますが、私も一年ほど前から身の回りの整理を始めました。身の回りの整理は「年を取ってから」と思っていましたけれど、（泉）ピン子から「来年90歳なんだから、もう年を取っているんだよ」と言われて（笑）。

本はほとんど自宅がある熱海市の図書館に寄付しましたし、ドラマの資料として取っておいた新聞の切り抜きなどは全部捨てました。

私は、ものを捨てられない性分で、山のようにあったメガネは、発展途上国にメガネを贈る団体に寄付しました。発展途上国ではメガネは貴重品で、とても重宝されると聞いたものですから。ハンドバッグも人にあげたり、このあいだお手伝いさんたちに頼んで百二十八個、リサイクルショップに持っていってもらったら四十数万円にもなったんです（笑）。

洋服や装飾品も、これから身に着けるものだけ残して人にあげたり、リサイクルショップに持っていってもらっています。

残しているものも、「私が死んだら処分して」と終活ノートに書きましたし、処分するためのお金も残しておこうと思っています。

お墓は――主人は、大好きだったお母さんと一緒のお墓に入りましたけれど、主人の兄から「壽賀子さんは入れませんよ」と言われました。私だっていやですよ。あの世に行ってまでお姑さんに気を使うのは（笑）。

私は一人っ子で、結婚してお姑さんや小姑《こじゅうと》たちという家族ができたときに、つくづく「家族というのは気を使わなければいけないし大変だ」と思いました。こうした思いはすべてドラマになって、しっかり儲《もうけ》させていただきました（笑）。

主人と私のお墓は静岡県の冨士霊園にあります。そこには主人と私の遺品を入れて、私は愛媛県今治市にある両親のお墓に入るつもりです。

納骨も含めて死んでからのこと、それ以前に、私がぼけたり、寝たきりになったときのことは、法律で認められた後見人（成年後見人）である橋田文化財団の顧問弁護士さんにお願いしてあります、介護や看護、財産の管理・処分などすべて。

私は主人が亡くなったときに、親戚の世話にはなりたくないし、一人で生きるためにはどうしたらいいいか考えました。

「それにはまずお金だ」と思って、そこから一生懸命働きました。お金がかかってもいいから、老後は人の世話になる。食事も、掃除や洗濯もすべて人にやってもらって生きたかったからです。

なんだか札束でほっぺたをたたくような話になってしまいましたけれど（笑）、自分を守るためには、子供や親族や政府に頼るのではなく、自分で少しでもお金をためておくことが大事だと思います。できれば若いうちから。

（「女性自身」２０１５年6月23日号／90歳の胸中激白／90歳）

▼大きな声では言えませんが、90歳まで一日四十本のタバコを吸ってました

二年前、90歳になったときに驚いたことがあります。急に手がシワシワになった。今と比べると、80代のシワなんてかわいいものでした。てのひら、手の甲だけでなく腕全体がシワシワ。「あっ、こんなに人間ってしぼむものなんだ」と衝撃を受けました。自分では老いを自覚していますが、ここまで長生きをしていると、「どうしてそんなにお元気なのですか」とたずねられることがよくあります。

てっきり、その方が長生きしたいから聞いているのかと思ったら、たいてい「そこまで長生きするのは恐ろしい」とおっしゃる。

92歳も、いたって普通の生活ですよ。私はお酒は飲みませんが90歳まで一日四十本のタバコを吸っていました。「飛鳥Ⅱ」の客室が禁煙になったから、やめたんです。

(『恨みっこなしの老後』新潮社/2018年2月/92歳)

▼マッサージもエステも嫌い。お風呂よりシャワーが好きです

二十八年間続いている『渡る世間は鬼ばかり2018 3時間スペシャル』の記者会見をプロデューサーの石井ふく子さんと今、終えたばかりです。

93歳になりましたが、最近は毎日一時に寝て、六時に起床。五時間も寝ています。この頃は昼寝もします。不倫と殺人は書かないと決めて、書いてこなかった私も、実は大のミステリー好き。忙しくて昔は見られなかった二時間ドラマの『西村京太郎シリーズ』などの再放送を見ながら、うとうとするのが幸せですね。

美容は何もしません。マッサージやエステも嫌い。以前ロケでピン子ちゃんとエステに行って、「気持ち悪いからやめて〜」と。人に体を触られるのが嫌いなんです。

熱海に移住して五十年になりますが、実は内緒ですが、温泉も嫌いです。夫が好きだったのでジャグジー、檜風呂など湯船が三つもあるのに入ったことがありません。

のぼせちゃうんです。だからシャワーで充分。強いシャワーにすると元気になります。化粧水やクリームはつけてます。資生堂のクレ・ド・ポー ボーテの全ラインを使っています。美しさなんて考えないわ。抵抗があるから。でも顔が明るい人は生き生きしていますね。明るい顔の人は意欲を持っていると思います。

（「美ST」／2018年11月号／93歳）

▼「あの世」は信じていません。「この世」だけでもうたくさん

宗教によってさまざまな考えがあるのでしょうが、私は「あの世」は信じていません。ですから、あの世で会いたい人もいない。

「あの世でご主人と再会したいですか」と聞かれることもありますが、夫はこの熱海の家にいると思っています。写真も家のあちこちに置いてありますし、私が下手な脚本でも書いたら、すぐに怒鳴られそうです。わかるんです、ああ怒ってるんだな、と。

幽霊も信じていません。見たことないですから。見たことがある人だけ信じればいい。そう思っています。

とにかく「この世」だけでもうたくさん。「あの世」の心配までしていられますか。恋愛はそれほどしませんでしたが、そのほかのことはやり尽くしました。

(『恨みっこなしの老後』新潮社/2018年2月/92歳)

▼時代に無理についていかなくてもいいんじゃないですか

仕事で必要ならともかく、普通の老人は時代に無理についていかなくていいと思います。もう若い人に任せればいい。表面的な情報に踊らされ、無理してついていくことはありません。消費を促すための煽《あお》りだったりしますからね。

最先端の文化についていかなくても、穏やかで楽しい生活は送れるものです。年を取ってからは、特に自分本位でいい。

私はファックスが嫌いですし、パソコンも使いません。原稿は今でも手書き。スマホは持っていますが、景色や猫の写真を撮るだけ。メールもしないので、人との連絡は電話と手紙のみ。今のこの状態で、できる仕事だけを引き受けると決めているのです。

老後も二流で結構、「古い」と言われても気にしないこと。年寄りが古いのは事実なのですから。

（『恨みっこなしの老後』新潮社／2018年2月／92歳）

▼長寿とお金、最晩年までいくらかかるか計算してみました

今、私の唯一の贅沢である船旅に使うお金があるのは、ありがたいことです。100歳まで生きたら、ちょっと足りなくなるかもしれませんが、家がありますから、とりあえず住むところはある。ただ、家を持つ人には共通の悩みですが、維持費

が結構かかります。庭の手入れで庭師さんに数日来てもらったら、五十万円くらいの出費になることもある。

私には子供がいないこともあって、中年の頃から、老後はお金しか頼れないと思ってきました。私は、とにかくお金で人を雇ってでも、家で死にたい。

想定ではお手伝いさんの他に介護は三人必要。八時間交代で、三人の方にお世話を頼んで、一日二十四時間をやっと終えられる。介護となると、一日に一人一万円くらいかかるかもしれない。そうしたら三人で三万円。あと〇年生きるとして……三万円×365日×〇年……掛け算してみます。

お金ももっとかかるかもしれませんし、寿命があと何年かはハッキリしませんが、ある程度のところまでを想定し、ずいぶん前に計算しているんです。やみくもに不安になるよりは、おおまかにでも計算してみると良いと思います。

今は当面のお金の心配はないという、ありがたい身の上ですが、これまでの人生を振り返ると、本当にお金に困って、何もかもイヤになった時代もあったんですよ。

(『恨みっこなしの老後』新潮社/2018年2月/92歳)

▼上野千鶴子さんに言われました。「橋田さんは、老い方、死に方を見せる責任があります」

90歳を過ぎてから、ほうぼう衰えてきて……。人に迷惑をかけないうちに死にたいんです。今はまだ仕事がありますし、お船が好きなので、乗せてもらえるならクルーズにまた行きたいですが。お船に乗るといろいろな方がいらっしゃる。人間観察が大好きで、好奇心だけで生きているような人間ですから。

（上野千鶴子さんに「好奇心は長寿の秘訣です」と言われて）

あらっ！　じゃあもう、好奇心を持つのよそうかしら（笑）。最近はプールで泳ぐのもしんどくなってきて、行く回数が減っています。それでも足腰が弱らないように、週三回、トレーナーさんについてトレーニングもしています。

認知症が一番怖い。幸い先日の人間ドックでは、脳はまだ大丈夫、ということでした。耳もまだ補聴器を使っておりません。でも病気になって脚が動かなくなり、人の世話にならなくてはいけなくなったら、やっぱり生きていたくない。

とにかく、車椅子なんてイヤだわ。自分の足で歩けないなんて。でも、飛鳥にも車椅子の方がけっこういらしたし、介護士同伴の乗客もいて、毎日リハビリの指導をしてもらって、日本に帰る頃には自分で立てるようになった方もいました。

だから車椅子はよしとしても、トイレの介助は絶対にイヤ。私は体を触られること自体がイヤなの。とにかく、誰かのお世話になるなんて……。

じっと座ってご飯を食べているだけで満足な方もいるかもしれませんが、私はその状態を楽しいと思えない。機嫌よく生きられないから、死んだほうがいいと思うんです。よく生きたいし、よく生きられなくなったらサヨナラしたい。人のお世話になるのは、今の私には「よく生きている」と、思えないわけです。でも、この先どうなるかはわかりません。人の気持ちは変わりますから。

ただ、たしかに上野さんがおっしゃるように、老い方、死に方を見せる責任はありますね。だけどうまく死ねるかどうかはわからない。上野さん、見届けてね。


（「婦人公論」2019年6月11日号／上野千鶴子さんとの対談「安楽死させて」の思いに迫る／94歳）

ドラマ『おんなの家』(TBS系列・東芝日曜劇場／1974～1993年／演出・鴨下信一)の3姉妹と一緒に。左から著者、長女役・杉村春子さん、石井ふく子さん、三女役・山岡久乃さん、四女役・奈良岡朋子さん。奈良岡さんは朝ドラや大河など橋田ドラマの語りでもお馴染み

第7章

それにしても、人生、何が起こるかわかりませんね

▼ドラマ作家にも書けなかった礼宮さまと紀子さんの御結婚

戦後の皇室は、私の暮らしにとっておよそ縁のないものであった。ただ、天皇陛下（現上皇陛下）の御成婚のとき、当時の私の収入にはまだ荷の重かったテレビを思い切って買った。御成婚の儀の中継をどうしても見たかったからである。それは、庶民から皇太子妃（現上皇后陛下）になられた美智子さまへの憧れであった。

また昭和天皇薨去《こうきょ》のときは、大正14年生まれで昭和と共に生きてきた私には、自分でも思いがけないほどのショックを受けた。皇室とは全く無関係に生きているつもりなのに、私も心のどこかで天皇をよりどころにしている日本人だったんだと痛感させられた。

そして、私は今、礼宮さま（現秋篠宮殿下）と紀子さん（現秋篠宮妃殿下）の御結婚にミーハーよろしく夢中になっている。お二人の御結婚には、四十年余りひたすらドラマを書き続けてきた私にも、とても思いも及ばないドラマがあるからである。

私は、ひげをはやした男性がどうも好きになれない。ことに鼻の下のチョビひげには信用をおけないという偏見を抱いている。まだお若い礼宮さまが、鼻下におひげをたくわえられたのを写真で拝見したとき、これは皇室にとって困った宮さまになられるのではないかと、不謹慎な心配をした。

ロンドンへ留学されてからは、きっと金髪の恋人でもお出来になり、日本中を大騒ぎさせて下さるかも知れないと、これは卑しい野次馬根性で、ひそかに期待もしていた。それだけに、紀子さんとのお噂がマスコミに取沙汰され始めたとき、正直びっくりした。私みたいなふるめかしい女からみて、非のうちどころのない、紀子さんのような女性を選ばれたことが、ほんとうに意外だったのである。

御両親である天皇皇后両陛下の生きかたをごらんになって、素直に成長なさったのだろうと、下世話《げせわ》な納得のしかたもしている。

写真で初めて紀子さんの笑顔をみたとき、今までこんな素晴らしい笑顔の女性をみたことがないと思った。むろん、私だけではない。紀子スマイルは、日本中を魅了してしまった。

紀子さんは決して美人ではない。ただあの微笑が、美貌を誇る当代一流の女優も足許に及ばない美しさを生み出している。むろん性格は天性のもので、生まれつき優しく豊かな感性とおおらかな心に恵まれておいでなのであろう。御両親がいい家庭環境でお育てになったからこそ、あの笑顔が生まれたと私は信じている。

シンプルで清楚な紀子さんの装《よそお》いが、どんなに美しくみえたことか。贅沢なものを身につけるだけが能ではないことを今更のように教えていただいた。それも、御両親が無言のうちに紀子さんを教育なさった賜物ではないかと、親の生きかたがどんなに子供たちにとって大事か、そのお手本をみたような気がしている。

紀子さんのお父上は大学教授で、紀子さんが質素な家庭に育たれたことは今や周知である。同じ庶民の御出身といっても、皇后美智子さまは財閥正田家のお嬢様である。豪邸に住まわれ、召使いもいただろうし、お付き合いなさるひとたちだって、やはり我々とは世界が違った。でも紀子さんは、ほんとうに私たちの隣人という気がする。

そして、その紀子さんを選ばれた礼宮さま。このドラマの素晴らしさは、このお二人が四年越しの愛をつらぬかれたことなのである。

御婚約発表までには、周囲の反対もあっただろう。いくら御自分が庶民の御出身であっても、いざ息子の嫁となると、皇后さまだってもっと他にと思われたかもしれない。また、もし私が紀子さんの母親なら、なにもわずらわしいことの多い皇室へ嫁にいかなくたってと、絶対反対しただろう。それでも、四年もの間、御自分たちの気持ちを守り通してこられたお二人に、意志の弱い私はただ感動してしまう。

世の中はうるさい小姑に満ちていて、「兄君よりさきに結婚するとはなにごとか、どうして待てないのか……」とか、「まだ若いのに急ぎすぎる」とか、いろいろ姦《かしま》しいけれど、庶民だって長男は敬遠され、家や親に責任のない次男のほうが早く嫁のきてがある。礼宮さまだって、浩宮さまの御結婚を待っていたら、いつのことになるかわかりはしない。私は、結構なことだと思っている。

先日、お二人の御新居が発表された。むろん仮の御所だそうだが、故鷹司《たかつかさ》和子さんがおすまいだった古い建物を改築した、木造モルタル平屋建てで、床面積105平方メートル、たったの3LDK+S、我が家と似たようなものである。これにも、ドラマの作家としては脱帽した。

礼宮さまと紀子さんのラブロマンスだけでも、もしドラマにしたら、そんな夢物語……とみなに嘲笑《わら》われるだろうが、物語の結末が豪華な御殿ではなくて、木造平屋建てのお住居《すまい》へはいることにしたら、余りにも嘘っぽくてお二人を美化していると、ひんしゅくを買うに違いない。が、宮さまでありながらそれをさわやかに実現されたのだから、ドラマ作家にも書けないドラマをみせていただいたと、感嘆してしまった。

紀子さんには、どこか皇后さまに似ておいでのところがある。やはり、男性は母親に似た女性を選ぶというのはほんとうなのかもしれない。


（「週刊朝日」1990年7月6日号／紀子さんスペシャル　ドラマ作家にも書けなかったお二人のドラマ／65歳）

▼一人がいいんです。仕事に専念する時間に他人がいると、筆は進まない

今は、近所の方がお手伝いさんとして毎朝七時頃来て、朝の日課になっているんで

すが、私をプールへ送り出してくれます。七時半から、九時前くらいまで、一時間ちょっとですが、きっちりと泳ぎます。原稿用紙のマス目を埋めていくという単調な毎日の中で、この朝の水泳は、ストレスを解消してくれるたった一つの楽しみ。

ただ仕事場は一人でないと、仕事がはかどらないので、お手伝いさんにいてもらうのは午前の十一時ぐらいまでで、ひと通り仕事がすんだ後、一旦帰ってもらいます。

その後、一人っきりになれる午前の十一時から夕方の六時までが、仕事に専念する時間になります。この時間に他人がいると、一枚も書けない。ですからお手伝いさんには六時にもう一度、夕食の支度に来てもらいます。

ただ、朝ドラ『おんなは度胸』のような仕事にかかっていると、夕食後もそんなにのんびりできるような余裕はないです。食事をして、ちょっとテレビを見た後、夜中の十一時から二時ごろまで、三時間くらい仕事をしないと、間に合いません。

仕事場ではたしかに一人ですが、決して孤独というわけではないんです。それはそのとき書き進めているドラマの登場人物たちと一緒だからです。

いつも私の仕事場には人がいっぱいいるんです。いつも私の傍らにいて、動いて、会話し、生活している。ですから皆さんよく「山の中の一軒家でさびしいでしょう」って心配してくれますが、さびしいなんていう感じを持つヒマはありません。いろんな人物像をつくったり、ストーリーを考えたり、想像力を思いのままに発揮させるには、むしろ生身の人間がそこにいないほうが、自由に書けるからいいんです。『おんなは度胸』は老舗の旅館が舞台ですが、私は旅館の経営というような、殊に女が前に立つ仕事の中での男の存在というのは、大変だなあと思いますよ。あの中で、藤岡琢也さんがやっている旅館の主人・清太郎という役は大好きですね。時には、女房の玉子にゴマをすり、娘の達子にゴマをすり……そんなふうにしないと、生きられないんです。

玉子さんと達子さんがケンカしていたら、清太郎はどっちに味方をするというわけにはいかない。あっちへ行って「まあまあ」、こっちへ来て「まあまあ」と言わなければならない。哀しいんですよ、清太郎が象徴している男の存在は。そういう中途半端でじれったい、そして哀しい存在を見事に演じてくださるのは藤岡さんなんです。

(「悠々歳時記」1992年秋号/波乱のドラマを生み出す〝普通の女性〟の心根/67歳)

ナショナル料理教室「奥さま！献立作戦」（関西テレビ、フジテレビ系列）に出演?! 週刊誌に載った広告記事。作った料理は「わたしの好きな和風サラダ」「鯵の南蛮漬け」。1978年10月頃、53歳

▼熱海に住んでいることが運を呼んでいると言われたことがあります

私は、前に壁がある仕事場というのは、まずダメなんです。やっぱり、広い窓から、海が見えて、空が見えて、いつも自然の中で書いているっていう感じでないとダメなんですね。

海が好きなのは、大阪・堺の海辺で育ったせいかもしれません。

ここの贅沢な景色だけは、何よりのご馳走で、お客さんが見えると部屋の中はそっちのけで景色だけ堪能してお帰りになります。昼間でもクルマなんかは滅多に通らないし、のんびりした牛の鳴き声なんかが聞こえてくる。夏の終わりの頃には、ヒグラシの大合唱です。きれいな声でさえずる小鳥もきますし。

現在の仕事場は、最初は、住むのはもちろん、仕事場としても考えてはいませんでした。ときどき番組のスタッフたちとワーっと出かけて、何泊かして麻雀をしたり、温泉に入ったりする息抜きの場所としてつくったんです。ですから、スペースも広くとってあり、暮らすことを念頭にしていなかった。ところが今では、この仕事場がすっかり暮らしよくなってしまって。

占いを信じるタイプではないけれど「住んでいるところが運を呼んでいます」って言われたことがあります。そう言われるとやっぱり嬉しいし、そこで書くと、いい作品が書けそうな気がするではないですか。

（「悠々歳時記」1992年秋号／波乱のドラマを生み出す〝普通の女性〟の心根／67歳）

▼〝世の中は正しいことばかりが通るわけではない〟

大正14（1925）年、私は当時日本の植民地だった京城（現ソウル）で生まれたのですが、朝鮮半島での記憶はあまり残っていません。それは私が幼い頃、父と母の仲がうまくいかず、母に連れられて日本へ戻り、母の次姉に預けられていたからです。

地元の小学校に入ってから、一度は父のいるソウルへ戻り、小学校三年生のときには、再び日本へ帰ってきました。一人きりの娘、身体があまり丈夫でなかったことと、先々の教育を考えた上での帰国だったようです。

転入したのは、大阪のなかでも高級住宅地にある浜寺尋常小学校。

私はほかの子供たちが大阪弁しか話さないなか、一人、標準語を話すことができたので、先生はお手本として国語の教科書を必ず私に読ませたんです。これがほかの子供たちにとっては面白くない。転校生のくせに生意気だ、という反発をかってしまいました。

「朝鮮帰りだから、あいつは朝鮮人だ」と面と向かって、あるいは陰で、そんな悪口を言われました。当時「朝鮮人」という言葉はいわれのない差別を示す言葉でした。

朝鮮で過ごしたのは短い間でしたが、日本人だけがいい思いをしていることを子供ながらに知っていました。当初、土産物を扱う店を経営していた父は、後になると、海軍の監督下で重晶石の山を持ち、事業を展開。そして、その採掘現場では朝鮮人が劣悪な労働条件で働かされていました。

さらに家でも、料理を作る人、掃除や洗濯をする人、漬物をつける人と、何人もの朝鮮人が働いていました。オモニたちに可愛がられていた私にとって、彼女たちと仲良くするのを禁じる母の差別感情が、イヤでたまりませんでした。

「オモニの家に行ってはいけない、そこで食べ物を食べるなんてもってのほか」

厳しく言っていた母は、私を家に連れていったオモニの一人を大声で叱りつけた。連れていってくれるようにねだったのは私なのに、オモニを叱るんです。オモニの家には子供が大勢いて、一人っ子の私にはとても楽しい場所だったし、彼女の家で食べた〝トック〟の美味しさは今も忘れられないほど。

私にとっての朝鮮人は皆、温かく優しい存在でしたが、でも、私は父や母と同じ日本人の一人として、彼女たちを虐《しいた》げる側に立っていた。その申し訳なさや罪悪感は未《いま》だに消えることがありません。

ある日、私は学校で朝鮮人への差別を露《あらわ》にした女の子の一人とケンカをして、怪我をさせてしまいました。

「うちの子をどうしてくれるんですか！　あんな朝鮮帰りの子を転入させるから、こんなことになるんです」

その子の親が学校へ抗議をするに至って、とうとう、私はその学校を追い出される羽目になりました。もとはといえば、向こうが悪いはずなのに、私だけが責めを負う形となったことにひどく傷つきました。

そして、思ったんです。世の中は正しいことばかりが通るわけではない、不条理なものなのだ、と。けれども、だからといって、いつまでも泣いていてはいけない、辛抱強くないと生きていけない。そう悟ったのもこのときでした。

（「婦人画報」1994年5月号／現ハースト婦人画報社／69歳）

▼「おのれの欲せざるものを、他人に施すなかれ」

私は、テレビドラマでは、いろんな商売を書きました。今、放送中の『渡る世間は鬼ばかり』ではラーメン屋の「幸楽」や小料理屋の「おかくら」など、NHKの朝の連続テレビ小説では『おんなは度胸』で旅館を、『おしん』では魚屋やスーパーを経営させ、高級旅館を一軒建てる苦労も、スーパーを大きくする努力も書きました。

でも、それはみんな絵空事で、私自身、商売というものをしたことはないし、会社を作ったこともない。けれども、よく考えてみたら、私もドラマの脚本を書いて売っているのだから、これも商売のうちかもしれません。

売れないときも随分ありました。いつもお金がなくて、こういうものなら買ってもらえるんじゃないかと、自分では好きでもない、プロデューサーやディレクターに媚《こ》びるような作品ばかり書いていました。

それでは人の心をうつドラマが出来るはずもなく、アパート代を払うために、局の注文に合わせたドラマを書くのも、自分がみじめで、シナリオライターに見切りをつけて結婚しました。

ところが、主人の月給で生活の心配がなくなってからは、局とケンカをしてあとの仕事がこなくなっても、食べるのに困りませんから、自分の書きたいこと、視聴者に訴えたいメッセージを存分にドラマにさせていただきました。

その最初が『となりの芝生』（ＮＨＫ／１９７６年）という嫁姑ドラマのはしりといわれた作品で、それが当ってからは、今までずっと初志を貫くことが出来て、書き続けられてきたのでした。

〝おのれの欲せざるものを、他人《ひと》に施《ほどこ》すなかれ〟という諺《ことわざ》があります。その通りで、自分が本当に書きたいと思うものを懸命に書けば、見てくださる方にはちゃんとわかってもらえる。そう信じられるようになったことが、私の励みになっているのです。お金のために書いていた作品は売れず、お金のことなど考えず、自分の思いを託したドラマが受け入れられるようになって、やっとわかったことでした。


(「東商婦人№11」1999年1月28日号／心を売る／73歳)

▼私ね、新聞の「ひととき」欄に投稿したことがあるのよ

あのね、私ね、朝日新聞の「ひととき」に投稿したことがあるのよ。テレビドラマのシナリオを書き始めた昭和30年頃かな。

内容は、近頃、親を大事にしなくなっているが、私は亡くしてから後悔している。

親に反抗してシナリオライターになったけれど、映画では鳴かず飛ばず。テレビでやっと自分の書いた脚本がドラマになり、名前が画面に出たのを母に見せたかった。でも、採用されなかった。それで「ひととき」に載るのは大変なんだなと思って、今も大事に読むの。

なるほど、と思った投稿は切り抜いて取っておきます。『渡鬼』でもずいぶんヒントをもらっています。

スーパーヒーローやヒロインは書きたくないの。等身大の人たちを描きたい。そう努力してますが、私は世間のことをあまり知らないし、今は主人も亡くなり、ひとり暮らしなので主婦の感覚がない。「ひととき」を読むと、女の人がいま何を考え、何を悩み、何に感動するかがとてもよく分かる。特に「匿名希望」とあるのは深刻な内容が多いけれど、つつましく一生懸命生きている姿が伝わって、いとしい。

私にとってドラマを書くのは、匿名で投書するようなものかもしれない。嫁姑問題にしろ、親子、夫婦の関係にしろ、自分はこう思う、こう言いたいというメッセージをドラマに託して社会に伝える。

『渡鬼』は「ひととき」を芝居でやっているようなものね。そのレベルがいいの。リアリティーはあっても、えげつないのはいや。「ひととき」には女性の本音が出ているけれど、品がありますからね。

（「朝日新聞」２００１年８月23日／私とひととき　連載50年／76歳）

▼子のない人生を生きてきて思うこと

いまや、不妊治療は大繁盛ですね。不妊治療をする病院は、女性たちでいつも満員。私などは、どうしてそんなに頑張るのだろうと思いますけれど、その人その人の需要があるのでしょう。

私も４歳年下の主人と結婚した当初は、一生懸命努力しました。結婚を決めたときはもう40歳になっていたものですから、できるかどうか心配で……。そうしたら結婚前に、仲人の石井ふく子さんが、大病院の産婦人科に連れて行ってくださったんです。基礎体温を計り、排卵も見届け、お医者様から「45歳までは妊娠の可能性は充分あります」という太鼓判をもらってお嫁に行きました。

私自身、仕事に行き詰まって結婚したくなったくらいですから、子どもができたら、子育てに専念するつもりでした。

ところが、できなかったんですよ。主人が言うには、「僕も女の人とずいぶん付き合ったけれど、妊娠したと打ち明けられて困ったことは一度もない。だから、僕がダメなんだろう」って。

産婦人科のお医者様には、「性行為が終わった後、すぐに来なさい。ご主人の精子が採取できますから、それを調べればわかります」と言われました。でも、行かなかったんです。

私は「妊娠できる」と言われたけれど、もしかしたら、原因は私にあるのかもしれない。二人の相性が悪いということもありますよね。だから、どっちが悪いと決めるよりも、原因不明のままにしておいたほうがいいと思ったのです。

（「婦人公論」2003年8月7日号／不妊はあなただけの悩みじゃない／78歳）

▼子どもの存在と夫婦仲は別もの

あとで思うと、不妊治療の最中は、つくることだけに一生懸命になっていて、産まれた後のことは深く考えていなかったような気がします。でも出産は、本当はゴールではなくてスタートなんですよね。

結婚した当初は「結婚したのだから、子どもができるのは当然だ」「産まなければ、お嫁に来た責任を果たせない」という、変な固定観念にもとらわれていました。結婚と出産をセットにして考えていたのです。

だから結婚している人に向かって、挨拶代わりに気楽に「お子さんは?」と聞いてしまう。あれはいけません。結婚と出産はセットではないのです。

いちばん強かったのは、「産まないと主人に申し訳ない」という気持ちです。夫は姪《めい》や甥《おい》をとても可愛がっていましたから、その姿を見ていて、「子どもが欲しいんだろうな」と思いました。子どもができなければ、夫はよそに女の人をつくって、私は離婚されてしまうのではないか……そんな不安もありました。

不妊治療に通う人たちも、「できないと、夫に嫌われてしまうのではないか」「子どもがいたら、主人とうまくいくのに」と考えている方が多いのではないでしょうか。

でも、そんなことはないんですよ。私くらいの年齢になるとよくわかりますが、子どもの存在と夫婦仲は別もの。子どもができてから離婚する人も多いですよ。

夫婦といえども価値観は一緒ではありません。子どもの教育方針を巡って対立することも出てきます。〝子はかすがい〟どころか、離婚の原因にもなりかねない。少なくとも、夫婦の仲をよくするために産むのは、無責任ですよね。

「家の血筋を絶やさないため」という理由もあるかもしれませんが、いまどき、絶えて困るような立派な家は滅多にありません。

「お姑さんや親戚に責められるから」という理由もあるでしょう。お姑さんのなかには、退屈して孫を抱きたいという人がいっぱいいますからね。

「自分の子どもを抱いてみたい」というのは、生物として自然な感情だから、その気持ちはよくわかります。でも親は、子どもに対して大きな責任がある。「可愛がりたい」と思うのならペットで充分です。

置かれた環境によって、幸せの種類は変わっていきます。与えられた条件の中で、それぞれが自分の幸せをつくり上げていくしかありません。多くの人は、その変わり身が下手なような気がします。

子どもが生まれて幸せになるのか、不幸になるのかは、一種の賭け。幸せかどうかは、子どものいる、いないには関係がないんです。子どものいない人生もすばらしいですよ。

それでも「子どもが欲しい」と思うのだったら、不妊治療にトライするのは、ちっともかまわない。ただ、失敗する場合も考えておいたらいいんじゃないでしょうか。子どもをつくることしか考えていないと、できなかったときに落ち込んでしまうでしょ。夫婦で話し合って、自分でも覚悟しておけば、それからの生き方がずいぶん違ってくると思います。うちの主人がしみじみ言っていましたよ。「子どものいない夫婦のほうが、ずっと夫婦らしくなれていいものだ」って。

（「婦人公論」2003年8月7日号／不妊はあなただけの悩みじゃない／78歳）

▼太平洋戦争、死んでも忘れられない光景がある

あの太平洋戦争の頃はみんな軍国少女ですよ。私なんかガチガチの軍国少女でした。聖戦だと言われていたから、日本は良い戦争をしてるんだ、そう思っていました。鬼畜米英《きちくべいえい》だとか、お国のためには我慢しなければならないということを、とことん教えられ洗脳されてましたから、食べるものがなくても、ちっともつらいとは思わなかった。いや、お国のためなら死んでもいいと、本気で思ってた。疑うことも知らず、そういうのが当たり前だと、誰もが同じ価値観を持った時代でしたから。

戦争が始まったのは堺高等女学校の二年生。二年後、昭和18（1943）年に親の大反対を押し切って日本女子大学校国文科に入学。

あの時代に不思議だったのは、選択科目に「フランス料理」があったの。でも物資がないから料理は作れない。だから先生が、黒板にフランス料理の絵を描いて、それをノートに取る。料理の授業じゃなくて、絵ばっかり描いてましたね（笑）。

そのうち、授業どころじゃなくなって、学徒動員が始まった。毎朝炒《い》り豆と焼き米を持ってもんぺをはいて、防空頭巾をかぶって、女子大の寮から工場へ行くわけですよ。それで点呼があって、一斉に配電盤のビスを留める作業をやるのね。そんな毎日でも、悲愴感なんてありませんでした。〝ああ、きょうも一日、お国のために働いた〟って実にさわやかだったですね。

やがて空襲がひどくなり学校は閉鎖。大阪に戻り、海軍経理部に動員されました。昭和20年の7月に、堺市が空襲を受け、急いで下宿先から堺に向かったけど、一面の焼け野原で実家はあとかたもなく焼けちゃって、熱風で近づけないんですよ。いまも目に浮かぶのは、あちこちに黒焦げの死体が折り重なるようになっていた光景です。

この空襲で母が行方不明になりましたけど、一週間ほどして消息がわかり、ほんと胸をなでおろしました。

それから一カ月ほどがたって、あの〝玉音放送〟。将校さんたちもいて、校庭に二百人ぐらいいたかな。何がなんだかわからなくて、将校さんらに聞いても、〝戦争が終わった〟とだけで、日本が負けたとは、絶対に言わないんですよ。でも、アメリカ

上）雪の中、寒さに震えながら『おしん』のスチール写真撮影が行われた。昭和58年1月、山形県中山町岩谷地区にて。
写真：髙橋源吾

下）『おしん』（1983年）第1回の生原稿。最高視聴率62,9%の国民的番組となった。2019年、BSプレミアムで再放送されたときは、毎朝、1ファンとして放送を楽しみしていた
写真：YBO

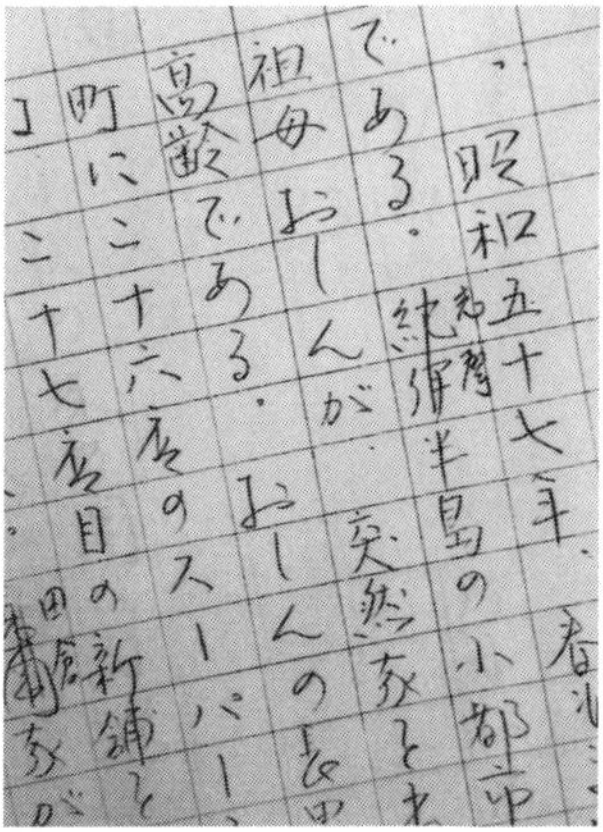
・昭和五十七年、
紀伊半島の小都市
である。
祖母おしんが、おしんの
高齢である。
町に二十六店のスーパー、
十七店目の新鋪を

兵が日本に上陸するという噂が広まって、どうせ死ぬんだったら、アメリカ兵がやって来たら刺し違えて死んでやろうと、そんな恐ろしいことを本気で考えてました。敗戦のときが20歳。あの戦争から今年で六十年。私は戦場に行って人は殺していないけど、戦争に協力したという責任は、やはり感じるんですよ。だから、近所の若者に特攻隊に志願しろと言ったり、戦争に協力しておきながら、戦後のほほんと生きて、隠匿《いんとく》物資でお金儲けまでしている男たちがいっぱいいることにひどく腹が立つのね。

その気持ちが強くて、『おしん』（NHK朝ドラ／1983年）の亭主には、若者を戦場に送った戦争の責任をとらせて自殺させたんです。そういう人もいたことを彼らに見てほしかった。私の思いを、せめて託したいと思ったんですよ。

（「女性セブン」2005年8月11日号／女11人が語る死んでも忘れないあの光景／80歳）

▼長く書くのが好きなの。五夜連続も短いくらい

やはり長く書かないと人間が十分に描けないんです。一見ムダのような変なところに、その人らしさが出るもの。ストーリーばかり書いていたら、ドラマが膨らまないでしょう。

もうすぐ放送される『99年の愛～JAPANESE AMERICANS～』（TBS系列／2010年）は五夜連続、十一時間余の長さなんだけど、私にはまだ短いくらい。

2005年に日系ブラジル移民の苦悩を描く、やはり五夜連続ドラマ『ハルとナツ 届かなかった手紙』（NHK）を書いて、放送されました。その後、シアトル在住の方から、日系アメリカ移民の歴史が書かれている本をいただいた。戦争中の強制収容所、欧州戦線で活躍した日系人の442部隊など、私の知らない歴史がたくさんあったんです。ああ、アメリカに行った移民も大変な苦労をしたんだと知って、自分の年齢を考えたら、今書いておかないといけないドラマだなと。

具体的なモデルはありませんが、一生懸命に開拓したのに、戦争が起きると農地をただ同然で買いたたかれ、取られたという日系人家族の話にしました。当時「ジャップ」と差別を受けた。日米間で揺れて、どちらに忠誠を尽くすべきか、いろいろな立場の人物がそれぞれに苦悩した姿と、それを支えた家族愛と日本人としての誇りも。こだわったのは冒頭。戦前、主人公の一郎たちが差別されたシアトルで、現在はイチロー選手が全米の称賛を浴びている対比を出したかった。

そしてやはり広島と沖縄の悲劇は書いておかないと。日本も悪かったけど、原爆は絶対許せない。ドラマの中でアメリカを長い間許さないで生きた女性を描きました。でも終盤ではアメリカ人の良さも書いた。そうしないと国際問題になっちゃうでしょ。言いたかったのは一つ、戦争はみじめなもの、絶対にしてはいけないと。

（「毎日新聞」２０１０年11月2日／時代を駆ける⑥／85歳）

▼次にパスポートが切れるのは１０２歳。さすがに生きていないと思いますが……

締め切りに追われて精いっぱい働いて六十余年、やっと原稿の締め切りのない人生にたどりつきました。命の締め切りは迫っていることでしょうが、それがいつかは知りません。けれど生きているかぎりは、大好きな船旅に行ける健康を保ちたいですね。今度の船旅に出かけるためには、パスポートを更新しなければなりませんでした。前回、82歳で更新したときも、「十年分もいらないな。まさか92歳まで生きているはずがない」と思っていたんです。

今回更新したら、次にパスポートが切れるのは102歳。さすがに100歳を超えるまでは生きていないと思いますが、80代から「いつお迎えが来てもおかしくない」と思いながら、ここまで来ました。何があるかわからないのが人生です。

(『恨みっこなしの老後』新潮社/2018年2月/92歳)

▼もう一人の家族チェリー。夜は私に、昼はお手伝いさんにベッタリです

『渡る世間は鬼ばかり』が二十周年を迎えたとき、出演者とスタッフの皆さんから、記念に猫を贈っていただきました。『渡鬼』だから「鬼猫」だねと、皆さんと大いに

盛り上がって、数日後、このチェリー（アメリカンショートヘアー♀9歳）が届いたとき、一目見て鬼猫ではかわいそうだと思いました。いえ、失礼ですよ（笑）。余りの愛くるしさに、撮った写真をマグカップに印刷しちゃいました。

少し我がままで甘えん坊に育ったこの子は、夜になると私のそばを離れません。ところが、お手伝いさんが来ると彼女にベッタリで、私には見向きもしないんですよ。

でも、それで良いのかな。お陰で安心して、長旅にも出掛けられますから。

（「文藝春秋」2019年2月号／もう一人の家族／93歳）

▼墓にはお揃いの時計を入れます。再び夫婦の時間が流れるように

この2月（2019年）、私はクルーズ船での旅の途中、大量の下血のためにベトナムの病院に運ばれ輸血を受けました。「マロリー・ワイス症候群」という病気だった。高齢になると、いつ何が起こるか本当にわからないです。

終活は前からやっていて、全ての財産は橋田文化財団に行くようになっており、葬儀もお別れの会もしないでと言ってあります。静かに消えていき、忘れられたい。

夫は大好きだった沼津の義母の墓に入りました。ところが私は義兄から「あんたは入れにゃあ」と言われたので、夫方の岩崎家との縁はそのまま切れました。

私は父の故郷・愛媛県今治市の父母が眠る橋田家の墓に入るけれど、静岡県の冨士霊園の中で日本文藝協会が運営する「文學者之墓《ぶんがくしゃのはか》」という合祀墓を買っている。その墓には夫婦の腕時計を入れる。死後、その墓の中で再び夫婦の時間が流れるように。

(『人生ムダなことはひとつもなかった』大和書房/2019年11月/94歳)

右がご主人、左が橋田さん用。2019年11月25日放送『徹子の部屋』にはこの腕時計をして出演

▼〈家の履歴書〉家にこだわりがないので、脚本も間取りは細かく考えません

一人っ子の私は両親を早くに亡くし、主人とは三十一年前に死に別れて、一人で生きてきました。家族がいないから、たくさんのホームドラマを好きなように書けました。姑や子供に「こんなこと考えてるのか」と思われないようにセリフを手加減したら、面白くなるはずありませんからね（笑）。

一人暮らしが長いので、家にこだわりはないほうです。ドラマの脚本を書くときも、舞台になる家の間取りなど、あまり細かく考えません。「二階」とか「居間」と書いておくと、テレビ局の美術の方が上手に作ってくれます。出来上がった部屋や家具のセットを見て頭に入れて、次からは合わせて書いています。

橋田壽賀子さんは、1925（大正14）年、京城（現在のソウル）に生まれる。結婚七年目

に生まれた一人娘、両親は日本人向けの土産物屋を経営していた。

商品棚の奥の二畳の帳場で店番をする母の近くで、昼間を過ごしました。父の記憶はほとんどありません。自宅はすぐ近くで、坂道を上った二階建て。冬にその坂が凍ると、板やむしろをソリにして遊びました。

小学校に上がる少し前、東京・品川区の戸越銀座で酒屋を営む母の次姉に預けられました。子供心にうすうす、両親に何かがあったんだ、と感じました。

一学期が終わると母が迎えに来て、京城へ戻ります。家はコの字型の長屋の一軒に移っていて、土産物屋は閉めて、父はバリウムの原料になる重晶石を掘る鉱山の仕事を始めていました。

東大門尋常小学校の四年生になる直前の1935(昭和10)年、母と二人だけで帰国。大阪府堺市大浜の海に近い洋館に住む。

大阪府立堺高等女学校を1943年に卒業、日本女子大学校(当時)の国文科へ進学。

鉱山は海軍に接収されて、父は軍属になりました。それで儲かったのかもしれませんね。ガラス張りの応接間のある、ハイカラな家でした。トイレの窓から、庭に来たウグイスを眺めたのを覚えています。私の部屋は板張りで、スリッパを履いて机に向かい、ベッドで寝ていました。

女子大は、保証人になってくれた戸越の伯母の家から通うつもりでいたのですが、地方出身の学生は目白の寮に入る決まりでした。八畳くらいの部屋に、上級生から縦割りの四人です。炊事も洗濯も当番制だったので、家でやったことのない私は苦労しました。

戦況の悪化に伴い、1945年4月に大学は閉鎖。
父の紹介で、大阪府豊中市の螢池《ほたるがいけ》にあった海軍経理部で働いた。

螢池に近い民家の二階の四畳半一間を借りました。戦争が終わって10月半ばに女子大へ戻ると、校舎と寮は焼け残っていたのですが、食べる物がありません。そこで戸越の伯母を頼って、疎開先の山形県左沢町《あてらざわ》（現・大江町）へ行きました。

上野駅に二晩並んでようやく手に入れたのは、メリケン粉を運ぶ貨車の切符です。すし詰めの貨車で一晩かけてたどり着いた秋の山形は、見渡す限り黄金色の稲穂でした。「つい最近まで、この辺りの小作人の娘は、米一俵で奉公に出された。いかだに乗って、最上川を下って行ったんだ」とここで聞いた話が、『おしん』（1983〜4年放送）の元になります。

1946年、日本女子大学校を卒業。
両親の決めた縁談から逃れるため、無断で早稲田大学文学部国文科に入学し、勘当される。
二年生のとき松竹の採用試験に合格。大学を中退して入社し、脚本の研究生となる。
「松竹初の女性シナリオライター」として、婦人雑誌などに取り上げられた。

日本女子大の寮を出たあとは、親からの仕送りが絶え、戸越の伯母の家に居候。早稲田に合格すると、母屋の隣りにトタンのバラックを建ててくれました。

松竹に入社後、大船撮影所の城戸四郎所長が私を呼び出して言うには、「お母さんから、君を不合格にして欲しいと手紙が来ている」。私は、母が敷いたレールの上を走るのは嫌なんですと訴え、妥協案として、実家の堺に近い京都撮影所の配属に。

せっかく実家へ戻ったのに、たった二日でまた母と大ゲンカ。家を飛び出す。

松竹の撮影所は太秦《うずまさ》へ移る前の下加茂だったので、北白川に下宿しました。

京都撮影所に三年いてから、大船へ異動。伯母の家に近い、品川区豊町《ゆたかちょう》の木造アパート「豊荘」の二階の六畳を借りました。南側が戸越公園に面した新築で、風呂なし、トイレと台所は共同です。

1959年、秘書室へ異動を命じられたのを機に、松竹を退職。ドラマの脚本を書いては、テレビ局へ持ち込む生活が始まった。少女小説や少女漫画の原作を書き、週刊誌のライターや、株の売買などで食いつないだ。

1964年、長くコンビを組むことになるTBSの名物プロデューサー石井ふく子さんと出会う。脚本家として軌道に乗ったのは、38歳のときだった。

少しずつ仕事が増え、テレビ局の方が豊荘へ打ち合わせに来るようになりました。そこで六畳は生活の場所にして、隣りの四畳半も借りて机と椅子を置きました。

小さくても高かった冷蔵庫を月賦で買ったのは、脚本の仕事を何とか続けていけそうだと思い始めてからです。中には、好物だった炭酸飲料のファンタをたくさん入れておきました。テレビの方たちは後々まで、「橋田さんの部屋へ行くと、ファンタを飲ませてもらうのが楽しみだった」とおっしゃってましたね。

東芝日曜劇場を書くようになって、少しお金ができたので、渋谷区初台の鉄筋のマンションへ引っ越しました。五階建ての三階。八畳のワンルームで、水洗トイレにお風呂付き。テラスにお花を置く夢を、ここで叶えられました。

十年以上住んだ豊荘から出て行くときは、感慨深いものがありましたね。私にとって浮き沈みの激しい時代で、仕事の出発点だったからです。

41歳になった1966年5月10日に結婚。お相手は4歳年下で、TBS映画部と企画部の副部長だった岩崎嘉一《よしかず》さんだ。

5月10日は私の誕生日で、TBSの創立記念日です。「僕は青春をTBSに捧げたから、君とは縁がある」と言われて、この日に電撃結婚したんです。新居は最初は彼が住んでいた草加団地でしたが、あまりに毎晩遅く、しばらくは私が初台からの通い婚。間もなく千代田区三番町に七百七十万円でマンションを買って、ローンを組みました。東郷元帥記念公園と九段小学校に面した七階で、春には桜が綺麗でした。

結婚と同時に、仕事は辞めるつもりでしたが、子どもに恵まれなかったので、また石井ふく子さんから仕事を頼まれるようになりました。

「脚本家と結婚したんじゃないから、オレの前では仕事をしないこと」が主人との約束。三畳のキッチンに、髙島屋で買った大きなダイニングテーブルを置いて、主人が出かけたら原稿用紙を広げ、夕食の支度をする時分には、手を伸ばしてガスのスイッチをひねりながら書きました。主人が寝るのを待って、徹夜する日もありましたね。

1974年、静岡県熱海市の標高400メートルの別荘地に、現在の自宅を建てる。鉄筋三階建てで、二階に温泉を引いた。別荘として使う予定だったが、大量の資料を使いながらNHK大河ドラマ『おんな太閤記』を書くため、1980年に移り住む。

熱海に家を探したのは、主人の実家の沼津と東京の間だから。主人はマザコンで、すぐに実家に帰りたがったんです(笑)。

私は家に対するこだわりは薄いのですが、景色にはいつもこだわります。この家は、相模湾と初島を見下ろせるのが気に入って決めました。

ダイニングテーブルは、二十畳のリビングに置きました。色を塗り直し、椅子は張り替えて、もう五十四年も使ってるんですね。『おんな太閤記』も『おしん』も『鬼』も、全部このテーブルで書きました。

主人に肺腺がんが見つかったのは、昭和天皇のご病状が悪化しつつあった1988年9月です。翌年放送の大河ドラマ『春日局』を、第三話まで書き終えたところでした。余命半年の宣告を、本人には告げませんでした。

初めての大河ドラマ『おんな太閤記』（1981年）を高視聴率のまま書き終える。ねね役・佐久間良子さん、秀吉役・西田敏行さんと一緒に夫婦で。夫の支えがなければ大河は書き上げられなかったと本書の「わが関白亭主、ビン詰亭主になる」（p141）で告白している

大河は降板しようと思って石井ふく子さんに相談すると、「いま降りたら、嘉一ちゃんは自分の病気が重いって気づくわよ」と止められました。ちょうど一年後、金色に縁取りされた最終話の脚本を病室で読んでから、主人は60歳で亡くなりました。

そのあと、自宅と道を挟んだ反対側に、ゲストハウスを建てました。自宅は別荘のつもりだったのでいい加減な作りですけど、新しい家は設計も大工さんも地震の多いロサンゼルスの方にお願いして、頑丈に作っていただきました。バリアフリーにしてエレベーターもつけたので、引っ越してもいいのですが、私は住めないんです。主人が亡くなってから建てたので、ここには主人がいないから。

自宅には、いつもどこかに主人がいます。リビングで仕事していると「あ、二階にいるな」。二階にいると「下だな」と気配がします。だから一人でいても、寂しくないんです。仕事をサボってると、怒られますけどね(笑)。

(「週刊文春」2020年5月7日、14日号/新 家の履歴書/取材・文 石井謙一郎/94歳)

心の友　壽賀子さま

壽賀子さん
「一人でどこいくのよ　帰ってきて！　早く帰ってきて!!」
思わずさけんでしまいました

でもやっぱり淋しい…

六十年の歳月《としつき》を喧嘩したり
お互いに遠慮しないで　勝手なことを言って…
今は居ないのね

壽賀子さんの側《そば》にいられなかった

ごめんなさい
本当に寂しい…

でも大好きな自宅で　十人の方々が
やさしく見守って下さって　よかったわね
寂しくなかったわね…という思いでいっぱいです

二人で色々なドラマを作った想い出は忘れられません
たのしかったな
また一緒にドラマを作りたい　作りたかった…

2021年4月9日
石井ふく子

『女たちの忠臣蔵』(1979年12月/TBS/演出・鴨下信一)が42,6%の高視聴率を取り、お礼に泉岳寺へ。
写真提供：石井ふく子さん

上）1925（大正14）年、生後150日目。両親と一緒に
下）2019（平成31／令和元）年、93歳。愛猫チェリーと。
写真：立木義浩

橋田壽賀子（はしだ・すがこ）略歴

1925（大正14）年、京城（現在のソウル）で生まれる。大阪府立堺高等女學校、日本女子大学校（現日本女子大学）卒業後、早稲田大学第二文学部に進学するが、1949（昭和24）年、在学中に松竹の入社試験に合格し中退、初の女性社員として京都撮影所脚本部に勤務し、3年後大船撮影所に異動。

1959（昭和34）年、松竹退社、34歳でフリーの脚本家となる。1966年、TBSプロデューサーの岩崎嘉一氏と結婚。1989（平成元）年、死別。

1964年、TBS東芝日曜劇場「袋を渡せば」で石井ふく子プロデューサーと初めて組み、以後、公私共に名コンビとなる。TBS「愛と死をみつめて」「ただいま11人」「おんなの家」「女たちの忠臣蔵」など、次々とヒットを世に送り出す。NHK銀河テレビ小説「となりの芝生」「お入学」「夫婦」、朝の連続テレビ小説「あしたこそ」「おんなは度胸」「春よ、来い」、大河ドラマ「おんな太閤記」「いのち」「春日局」。フジテレビ「渥美清の父ちゃんがゆく」。日本テレビ「つくし誰の子」「たんぽぽ」。テレビ朝日「結婚」「妻が夫をおくるとき」。移民をテーマにしたNHK「ハルとナツ　届かなかった手紙」やTBS「99年の愛　JAPANESE

AMERICANS」など手がけた脚本は数えきれない。

中でも1983年に放送されたNHK朝ドラ「おしん」は大反響を呼び、広くアジアでも放送される。2019（令和元）年4月、NHKBSプレミアムで一年間アンコール放送され、20代〜90代まで幅広い年代に支持され話題になった。

また1990（昭和65）年からスタートしたTBS「渡る世間は鬼ばかり」は通称「渡鬼」と呼ばれる国民的ドラマとなり、以来2019年まで継続的に放送された。NHK放送文化賞、菊池寛賞、勲三等瑞宝章などを受賞・受勲。1992年橋田文化財団設立、理事長に就任。2015年、脚本家として初の文化功労者に選出され、2020年には文化勲章を受章する。2021年、熱海市名誉市民に選ばれる。2021年4月4日、念願通り延命治療をせず、熱海の自宅で桜吹雪のなか逝去。

著書に、『ひとりが、いちばん！』『夫婦の覚悟』（共にだいわ文庫）、『私の人生に老後はない。』（海竜社）、『安楽死で死なせて下さい』（文春新書）、『恨みっこなしの老後』（新潮社）、『人生ムダなことはひとつもなかった』（大和書房）などがある。

＊掲載された記事について、雑誌名や連絡先などが不明のものがありました。お気づきの方は編集部までお申し出ください。

ブックデザイン：小口翔平＋加瀬梓＋奈良岡菜摘（tobufune）
イラスト：風間勇人
写真：帯©聖教新聞社（撮影・篠山泰弘）／記載無しは著者提供
校正：あかえんぴつ
企画・構成・編集：矢島祥子（矢島ブックオフィス）

渡《わた》る世間《せけん》にやじ馬《うま》ばあさん
橋田壽賀子《はしだすがこ》のことば

2021年7月25日　第1刷発行

著者　橋田壽賀子《はしだすがこ》
発行者　佐藤 靖
発行所　大和《だいわ》書房
東京都文京区関口1-33-4　〒112-0014
電話　03-3203-4511
本文印刷　信毎書籍印刷
カバー印刷　歩プロセス
製本　小泉製本

ISBN 978-4-479-01225-2

http://www.daiwashobo.co.jp